Pôlefiction

De la même auteure
chez Gallimard Jeunesse :

La Petite Capuche rouge
La Vie au bout des doigts
Madame Gargouille
Mauvaise graine
Rage

Moi, Baleine

Orianne Charpentier

Après la vague

Gallimard

À mes parents

Prologue

Tous, à la fin de nos vies, nous mourrons.

Mais pour la plupart d'entre nous, la mort n'est qu'un mirage vague, un horizon lointain. Tant que nous sommes jeunes et bien portants, nous traversons la vie comme des funambules ; nous marchons sur le fil à grands pas hâtifs, pressés de trouver un lieu plus stable et plus heureux.

Enfants, nous espérons l'été. Et une fois l'été passé, nous espérons l'été suivant. Les années s'écoulent, nous consommons nos jours, nous dévorons notre insouciance à grandes bouchées voraces. Pourtant aucune bouchée ne nous comble, au contraire : chacune d'elles nous fait ressentir la faim d'autres joies.

Oui, nous vivons en surfant sur l'écume de la vie, sans jamais comprendre vraiment ce que c'est que la vie. Jusqu'à ce qu'une vague nous engloutisse ; qu'elle nous broie, qu'elle nous brise, qu'elle nous lâche et nous rejette, pour nous remettre au monde, nu comme un nouveau-né – et tout recommencer, autrement.

PREMIÈRE PARTIE

1

Nous sommes assis tous les cinq à l'une des tables du restaurant. Sur la nappe blanche, l'ombre des bougainvillées qui bordent la terrasse dessine des lagons bleus, autour des miettes de croissant et des serviettes dépliées. Il règne un silence pesant : je viens d'annoncer que je n'ai aucune envie de partir en excursion.

– Papa, maman, faut comprendre : vous avez vu cette plage !

De la main, je désigne l'horizon, au-delà de la palmeraie qui abrite les bungalows de l'hôtel : la mer, turquoise, brille sous le soleil comme un dragon endormi.

– La plage sera toujours là demain, fait remarquer mon frère aîné, le visage terne comme à son habitude, avec ses cheveux lissés au peigne et son petit polo d'intello.

Je triture nerveusement un reste de brioche.

– C'est un temple magnifique, plaide ma mère. En haut d'une montagne, dans la forêt.

On peut assister à une cérémonie... C'est l'occasion de mieux connaître le pays qui nous accueille, plutôt que d'être là, comme des touristes...

– Ben, c'est pourtant ce qu'on est, non ? je réponds.

Mon père, qui jusque-là n'a pas dit un mot (mais je devine, à la manière dont il passe ses fortes mains brunies dans ce qui lui reste de cheveux, qu'il n'est pas content du tout), finit par taper sur la table.

– Eh bien, reste ! Qu'est-ce que tu veux qu'on te dise ?

À ce moment, je croise le regard de ma sœur jumelle par-dessus sa tasse. Ses yeux ont une couleur d'orage. Elle pique un troisième croissant et le trempe avec colère dans sa tasse de thé.

– C'est ça, je murmure. Soigne ta taille de guêpe.

Jade rougit, retient ses larmes et se tasse un peu plus sur son fauteuil en rotin. Une fois de plus je constate qu'elle ne sait pas parer les coups. C'est son côté bonne sœur : contre son mauvais frère, elle ne se défend jamais.

Elle se contente d'engloutir ses croissants les yeux baissés, tout comme j'engloutis en moqueries notre complicité d'avant. C'est ainsi que nous sommes, depuis que je suis devenu beau gosse et qu'elle a cessé d'être une enfant.

Ma sœur mange quand elle est triste, quand elle a peur, quand elle est embarrassée. Autant dire qu'elle mange tout le temps. C'est dommage, parce qu'elle pourrait être vraiment jolie. Même maintenant, d'ailleurs, même avec ses dix kilos en trop (et quand je dis dix, je suis sympa), elle est jolie. Elle l'ignore à un point désespérant, et surtout elle s'arrange pour que personne ne le sache. Aujourd'hui, par exemple, elle a encore opté pour un tee-shirt trop long et un bermuda affreux. Et moi, ça m'agace, de la voir se détester, tandis que je m'aime un peu trop.

Les chaises crissent sur le sol de briques vernies lorsqu'ils se lèvent tous : papa, la mine renfrognée, avec sa chemise hawaïenne trop serrée (achetée il y a vingt ans, quand il était encore jeune et svelte) ; maman, de plus en plus petite et mince, avec ses rides au coin des lèvres et ses cheveux relevés le long des tempes ; et mon frère Albert, indéchiffrable et distant comme toujours.

Ils contournent les grands buffets chargés de fruits et de vaisselle. Ils sont sur le point de quitter la terrasse, quand ma sœur s'écrie :

– Regardez !

Elle tend le bras vers la palmeraie. Là, tout autour, sur les toits des chambres-bungalows, des groupes de grands oiseaux blancs se sont posés. Ils se serrent les uns contre les autres, l'œil fixé vers la mer, immobiles et muets comme des statuettes peintes. On dirait ces créatures étranges que les gens d'ici sculptent sur le toit de leur maison, pour protéger leur foyer. Je ne sais pas pourquoi, les voir m'est désagréable.

Je laisse ma famille descendre les larges escaliers qui mènent à la piscine. Je tire ma chaise vers la balustrade et je soupire, les yeux rivés sur l'horizon bleu.

En contrebas, j'entends ma mère dire :

– Pour une fois qu'on pouvait passer une journée tous ensemble…

Mon père bougonne. Elle ajoute, en s'arrêtant sur la dernière marche :

– Moi, ça me chiffonne de laisser Maxime ici tout seul.

– Il a bientôt seize ans ! proteste mon père.

– Mais tu le connais : toujours à s'attirer des ennuis.

– Maman, c'est bon. On est dans un hôtel, que veux-tu qu'il arrive ? (C'est Albert qui parle.) Max est incapable de faire quoi que ce soit, à part jouer les cacous sur la plage pour épater de jeunes touristes norvégiennes !

Je suis sur le point de descendre lui taper dessus, quand j'entends Jade dire d'une voix douce :

– Moi, je peux rester aussi. Je reste.

Soudain, un grand bruit éclate. Comme un crépitement de feu d'artifice, ou comme le grondement précipité d'eaux tumultueuses. Les oiseaux blancs viennent de prendre leur envol, tous ensemble, en rangs serrés, à grands coups d'ailes puissantes qui claquent dans l'air lourd. Ils passent au-dessus de nous par centaines, vers la forêt, vers les montagnes au loin, et l'on dirait que la cime des arbres moutonne d'écume.

2

Je suis assis sur ma serviette, en caleçon de bain. Je scrute la plage autour de moi, dans l'espoir de voir la bande de jeunes Américaines que j'ai accostée hier matin. Je rectifie une mèche de mes cheveux, au cas où.

Devant moi, toujours habillée, Jade marche les pieds dans l'eau. La mer brille autour d'elle. Elle regarde un peu au large, la main en visière au-dessus de ses yeux, et soudain elle sourit et fait un grand signe. Au loin, sur une barque toute cabossée, un vieux pêcheur lui rend son salut.

Malgré moi, je l'envie. Jade connaît déjà les enfants du village voisin, elle sait dire quelques mots dans leur langue et les pêcheurs l'ont invitée hier à prendre un thé dans leur maison. Je n'en ai rien à cirer, moi, de prendre un thé dans une cabane avec des vieux pêcheurs sans dents qui parlent à peine français. Mais quand même, je ne sais pas comment elle fait.

Comme nous sommes devenus autres, elle et moi ! Dire qu'il y a seize ans, nous étions ensemble dans le même ventre… Une nausée me vient, je ne me sens pas bien. Je m'étends sur le sable et j'attends que le vertige passe.

Soudain, Jade pousse un cri. Elle est un peu plus loin à présent, elle a de l'eau jusqu'aux genoux, le bas de son bermuda est trempé. Elle regarde l'eau, puis moi, puis l'eau : on voit ses mollets blancs apparaître, puis ses chevilles, puis ses pieds. La mer s'est retirée comme une baignoire que l'on vide, et ma sœur se tient désormais sur le sable mouillé – immobile.

Je m'approche. Elle claque des dents.

– Ben quoi ? je dis. T'en fais une tête ! C'est juste la marée.

– Tu… Tu crois ? murmure-t-elle. C'était si rapide. Et le courant si fort. J'avais l'impression que des mains m'agrippaient les chevilles.

Je hausse les épaules. Des touristes accourent sur la plage. Ils explorent les rochers mis à nu par la mer, ramassent des coquillages et prennent des photos.

Un chien, quelque part, se met à hurler.

– S'il te plaît, allons-nous-en, supplie ma sœur. Je… Je n'ai pas envie de rester ici.

– Non mais c'est pas vrai ! Tout ça parce

que t'as peur de te mettre en maillot! Mais vas-y, va tresser des paniers avec tes nouveaux amis. Moi, je reste. J'ai envie de m'amuser, d'en profiter. Je veux vivre, moi, hein!

Elle se dirige vers ma serviette, où elle a posé son sac. Elle le met sur son épaule, me tourne le dos, s'éloigne. Le chien, quelque part, pas loin d'ici, continue de hurler. J'ai le cœur qui se serre.

Je la vois hésiter. Et puis soudain, à mon soulagement, elle fait demi-tour. Elle revient, sort sa serviette d'un geste rageur, l'étale, s'installe dessus, ouvre un énorme livre et se plonge dedans.

Je m'assois à côté d'elle. Pour la première fois depuis longtemps, j'ai envie de faire la paix.

— Allez, sœurette, fais pas la tête…

Elle continue de lire.

— Tu sais, je suis désolé pour ce matin. C'était nul, ce que j'ai dit. Mais c'est parce que… En fait, c'est juste que je voudrais… Je voudrais tellement que tu sois…

Elle lève les yeux vers moi.

— Que je sois quoi?

«Différente», ai-je envie de répondre. Mais je mens:

— Que tu sois heureuse.

Elle plonge en moi son regard limpide,

où l'enfance est encore toute proche. Elle murmure :

— Mais je suis heureuse.

À ce moment, un vieux monsieur sur la plage crie quelque chose en allemand. Je ne comprends pas ce qu'il dit, mais je le vois scruter l'horizon avec ses jumelles. Alors je me lève, je fais quelques pas vers la mer et, là, j'aperçois, à l'horizon, une fine frange blanche sur l'eau très bleue.

Je cours vers ma serviette, prends mon sac à dos, en sors ma caméra. J'en dirige l'objectif vers le large et je zoome. Là, je la vois : c'est une vague. La vague la plus belle que j'aie jamais vue. Elle brille sous le soleil, et sa blancheur ondule sur toute la largeur de mon petit écran.

— Qu'est-ce que c'est ? demande ma sœur d'un air inquiet.

Elle se tient sur la pointe des pieds et regarde l'écran par-dessus mon épaule.

— Rien. Juste une très belle vague.

Elle ne répond pas. Sa main sur mon bras tremble. Elle me tire.

— Viens, dit-elle. Viens, on s'en va.

Je me dégage doucement. À présent, la vague est plus proche. Elle ressemble à un grand linge blanc que l'on essore.

J'aperçois, autour de nous, de nombreux clients de l'hôtel. Tous regardent dans la même direction, certains se jettent à l'eau avec une planche de surf, en poussant des cris de joie. Mais à ce moment, un homme accourt du village de pêcheurs, il hurle. Il court vers les nageurs, il fait de grands gestes, il tente de les faire revenir sur la plage.

Ma sœur gémit. Soudain, elle lève les bras et fait de grands signes au vieux pêcheur sur sa barque. Il s'est levé, il a vu la vague. Il essaie de faire démarrer le vieux moteur asthmatique et de revenir vers nous.

La vague s'est encore rapprochée. Elle n'est plus blanche à présent, elle est presque jaune, comme si un immense troupeau de buffles galopait sur une plaine poussiéreuse.

Je regarde ma sœur : elle recule pas à pas, les yeux écarquillés, et son visage n'est plus qu'un masque de stupeur effrayée.

La seconde d'après, la vague s'est encore métamorphosée. Je ne réfléchis plus, je suis Jade, je fais tout ce qu'elle me dit. Je n'ai pas l'impression d'avoir peur, simplement je ne comprends pas. Je ne peux pas croire que nous sommes en danger. Mais Jade, elle, semble savoir.

Elle court mettre en garde le vieux monsieur aux jumelles pendant que je me rhabille, elle crie aux surfeurs de sortir de l'eau, aide une femme à rassembler ses enfants. Nous tournons le dos à la mer. Nous nous hâtons vers le petit escalier qui mène aux échoppes pour touristes.

Soudain je crie :

— Ma caméra ! J'ai perdu ma caméra !

Jade se retourne vers moi et je vois son regard se figer : elle ne me regarde pas, elle regarde derrière moi, et son épouvante m'anéantit.

— Maman, mon Dieu, bredouille-t-elle.

Alors, à mon tour je me retourne, et je vois. Ce n'est plus une vague, c'est un escadron de chars monstrueux lancés à toute vitesse. Il a envahi les abords de la baie, il charge la barque du vieux pêcheur, il la rattrape. Il l'engloutit.

3

Je hurle :
– Cours !
Nous franchissons l'escalier. Nous fuyons de toutes nos forces. J'ai la petite main de Jade dans la mienne, je la tire en avant, toujours plus vite. J'entends qu'elle crie aux gens de courir, et peu à peu, en effet, tout le monde court autour de nous.

Moi, je ne pense à rien, j'ai les poumons en feu, je distingue à peine le contour des choses. Je ne vois plus qu'un tunnel rougeoyant droit devant moi, le reste de mon champ de vision sombre dans le brouillard. J'ai l'impression que là-bas, par-delà la piscine, si nous atteignons le restaurant à deux étages…

J'entends, par-dessus les cris, un bourdonnement de plus en plus fort. Je ne sais pas si c'est le sang qui bat dans mes tempes ou l'eau en furie qui se rapproche.

Jade crie quelque chose :
– Là ! Le bébé !

Elle désigne une forme vague sur le bord du chemin, elle tente de me détourner de ma route mais je la tire violemment.

– Non ! je rugis.

Je ne me reconnais plus. Je ne sens plus mon corps. Il me semble que la force est en moi, une force infinie, une rage. Je cours comme si je chassais une proie, je poursuis quelque chose qui s'échappe, je cours après ma vie.

À mes côtés, Jade s'essouffle. Des larmes coulent sur ses joues. Je tiens sa main, je la serre, je sens son désespoir et cela me fait courir encore plus vite.

Bizarrement, tandis que nous courons ainsi, je nous revois tout petits. Quand je n'étais pas encore un beau gosse, mais un garçonnet un peu fade, et Jade une jolie fillette aux joues rondes. À cette époque, nous nous ressemblions. À cette époque, je l'aimais plus que tout. Elle était mon miroir et mon guide. Elle savait toujours tout avant moi.

Soudain, au détour d'un arbre, j'aperçois la piscine. Je crie de joie. Nous sommes sauvés : une quarantaine de mètres à peine nous séparent du restaurant de l'hôtel, dont les deux étages s'élèvent au-dessus de massifs pilotis de béton.

Je jette un coup d'œil à Jade. Son visage est

calme à présent, presque serein. Elle regarde droit devant, et je crois voir une étrange lumière dans son regard fixe.

Plus que trente mètres. Là-bas, dans le bâtiment, des gens grimpent précipitamment les marches qui mènent aux étages, les terrasses sont déjà bondées.

Plus que vingt mètres. Pour la première fois, je suis frappé par le toit en pagode du restaurant. On dirait un temple, avec ses tuiles vertes et ses statuettes protectrices aux quatre coins. Un temple. Comme celui que visitent en ce moment même Albert et les parents, comme celui où nous aurions pu être, Jade et moi, si je n'avais pas fait ma mauvaise tête. Je serre la main de Jade encore plus fort.

Plus que dix mètres. Une clameur horrifiée s'élève du restaurant. Je vois les visages par-dessus les rambardes des terrasses – tous frappés d'effroi. Je comprends, en une fraction de seconde, que la vague a surgi derrière nous.

Plus que neuf mètres. La vie... Là... Tout près. Mais à ce moment, Jade tourne la tête et regarde en arrière.

– Non ! je hurle.

Mon cri couvre le sien, tandis qu'elle lâche ma main et me pousse en avant.

L'instant d'après, la vague nous atteint.

4

L'eau qui m'entoure n'est plus de l'eau. J'ai l'impression d'être happé dans de gigantesques mâchoires. Je suis pris, broyé, dévoré, avalé.

Il me semble que les contours de mon corps se distendent, qu'ils se dilatent au point que je ne sens presque plus rien. Je ne suis plus qu'un cœur qui bat dans un chaos rouge sang.

Puis l'air me manque. C'est comme si j'étais rempli de ces grands oiseaux blancs qu'on a vus ce matin. Ils cherchent à sortir de moi, ils me déchirent le ventre de leur grand bec pointu. La douleur est intolérable. J'étouffe. Je sais que la mort m'a prise dans sa main. Mais bizarrement je n'ai pas peur. Je n'ai pas peur pour moi. Je ne pense qu'à Jade.

Je crois que je perds connaissance. Je reprends vie quand, brusquement, une main agrippe mes cheveux qui flottent à la surface.

On me hisse sur la terrasse – l'eau est

montée si haut qu'elle a englouti les escaliers du restaurant, et je me retrouve, trempé et sanglant, étendu sur les briques vernies.

Je ne sens pas encore mes blessures. Je cherche juste quelqu'un du regard. J'appelle :

– Jade ! Où est ma sœur ?

Je distingue, au-delà des jambes des gens réfugiés qui se pressent entre les tables, le flot trouble qui va. Je ne peux pas penser qu'il l'emporte au loin. Je m'évanouis encore.

Je suis réveillé par une douleur terrible : autour de moi, quatre hommes s'affairent. Ils me traînent sur une nappe, ils colmatent mes plaies avec des serviettes de table imbibées d'alcool.

L'un d'eux donne des ordres brefs.

– Vite !

Les hommes me hissent au deuxième étage. Chaque marche qu'ils montent m'est une torture. Une fois là-haut, ils m'étendent sur une table. Je vois, l'espace d'un instant, avant de reposer ma tête sans force, qu'un tube de métal me transperce le flanc. Je suis à demi nu, je n'ai plus de tee-shirt, mon torse est lardé de plaies béantes, et du sang séché mêlé à de la boue me recouvre les jambes.

À peine m'ont-ils lâché que des cris éclatent autour de nous. Je comprends qu'une deuxième vague arrive.

De la table où je suis, je la vois. Elle surgit du sommet des arbres, comme un gigantesque fauve blanc, elle dévore, elle bondit, elle engloutit ce qui reste, elle s'abat sur nous avec fracas, il n'y a plus de mots pour nous.

5

Je suis dans les abysses, dans le tréfonds du monde, oppressé par l'eau sombre. Soudain, une clarté se dessine au-dessous de moi. Et peu à peu je vois monter des profondeurs des milliers de méduses qui flottent à ma rencontre, comme des fantômes bleus.

D'abord, je suis terrifié. Mais lorsqu'elles se rapprochent, quelque chose de familier brille sur leur dôme : le visage de ma sœur se reflète sur elles comme sur des miroirs, et je peux voir son regard qui me fixe, avec l'étrange sourire qu'elle avait juste avant.

Les méduses me frôlent, s'éloignent, je veux en retenir une, juste pour voir ma sœur ; j'agrippe un des longs filaments venimeux et une douleur atroce me transperce le corps.

À nouveau, je me réveille. Une main fraîche se pose sur mon front.

— Jade ! je crie.

Elle se penche sur moi. Elle me sourit. Je me mets à pleurer de soulagement.

– J'ai cru, j'ai cru… que tu étais morte, je sanglote.

Elle me caresse. Elle passe une serviette sur mon visage. Son sourire est doux; ses yeux, limpides. Elle pleure, elle aussi, je crois.

– Chut, me dit-elle. Chut, il ne faut pas bouger. Ça va aller, mon petit, ça va aller.

Quand j'émerge à nouveau de ma fièvre, il fait nuit. Une odeur terrible s'élève autour de nous – l'odeur de l'eau, de la boue, et une autre, plus âpre, qui me soulève le cœur.

J'ai chaud, j'ai la bouche en feu, j'essaie de demander de l'aide. Je tourne la tête, je regarde autour de moi : tout au long des balustrades, on a disposé les bougies qui, d'habitude, ornent les tables du dîner. Autour d'elles, des milliers de bêtes bourdonnent. Je peux voir des corps blottis les uns contre les autres, enroulés dans des serviettes de bain. Et d'autres, étendus dans un coin de la salle et recouverts de nappes blanches, comme on voit dans les morgues.

Plus près de moi, il y a d'autres blessés. Des hommes et des femmes leur distribuent des verres de jus de citron et versent du whisky sur leurs blessures. Ils gémissent. Dans leur souffrance, ils murmurent des mots que je ne comprends pas. Pourtant je devine leur supplique : chacun prie dans sa langue ; chacun demande, en russe, thaï, arabe, anglais, néerlandais, allemand, japonais, que ceux qu'ils aiment soient auprès d'eux.

Nous sommes la tour de Babel et l'arche de Noé. Et moi, je ne vois plus Jade. Mais cette fois, je ne demande pas où elle est.

Le bourdonnement des insectes est obsédant. Je sens toutes mes plaies, j'ai l'impression que c'est de moi que vient l'odeur, que ma chair se putréfie tandis que les heures passent. À l'aube, le vrombissement devient tellement fort que je hurle :

– Les mouches ! Les mouches !

Je crois les voir déferler vers nous, dans un nuage noir aux reflets vert électrique. Je suis épouvanté, en plein délire, je me débats sur ma table. Mais ce n'est que l'hélicoptère des secours qui vient évacuer les blessés graves.

Je suis le premier à être embarqué. On cale ma civière près d'un des hublots, et nous nous élevons vers le ciel, dans les premiers rayons du soleil. L'appareil s'incline un peu pour tourner vers l'ouest.

Alors j'aperçois la terre au-dessous de moi : un enchevêtrement d'arbres arrachés, de bateaux, de toits, de tôles, de corps de buffles

gonflés d'eau, de nuages d'insectes, de vêtements déchirés, de jouets brisés. Parmi tout
cela, des ruisseaux d'eau salée coulent en
miroitant : ce sont les flots qui se retirent vers
la mer, comme de longs serpents sombres.

Je ferme les yeux. Je voudrais pleurer mais
je n'ai pas de larmes.

6

À l'hôpital, je sens la main de ma mère qui serre la mienne. Je l'observe un moment par-dessous mes paupières baissées. Pendant quelques secondes, je suis presque heureux. Puis je me souviens.

J'ouvre les yeux; elle me sourit et elle pleure. Je ne sais pas comment lui dire. Mais elle ne me demande rien.

Une heure après, mon père entre dans la chambre, suivi d'Albert. Je ne les reconnais pas. Mon père a vieilli de dix ans. Il regarde le sol, il semble chercher quelque chose par terre. Il a encore sous les ongles l'ombre des débris qu'il a retournés toute la journée. Depuis deux jours, Albert et lui participent aux recherches. Je le sais, je les ai entendus hier quand je faisais semblant de dormir.

À leur regard, je vois ce qu'ils ont vu. Mon père a les yeux hagards, et mon frère, l'air résolu d'un kamikaze. Peut-être qu'il espère encore?

Je sais qu'il faut que je leur dise. Que je leur dise. Que je leur dise.

Les mots sont en moi comme des oiseaux blancs, ils veulent s'échapper encore, ils me déchirent la peau à coups de bec. Et soudain ils s'extirpent hors de moi, ils s'envolent, ils me laissent, je ne suis plus qu'une coquille vide, je sanglote :

– Je n'ai rien pu faire… Je voudrais être à sa place… Je voudrais être mort et qu'elle vive…

Ma sœur n'est plus, voilà ce qu'il fallait que je leur dise. Elle *était*. Et je sens que moi-même je n'ai plus d'avenir, je n'ai même plus de présent.

Il me semble que désormais ma vie tout entière est vouée à s'écrire au passé.

DEUXIÈME PARTIE

7

Je suis resté deux mois à l'hôpital. Il a fallu m'opérer plusieurs fois. Je suis sorti en fauteuil roulant, et l'on a tous été rapatriés en France (sauf Albert, qui était déjà rentré à cause de son travail).

Le jour du départ, à l'aéroport, des gens sont venus nous dire au revoir. Je ne les avais jamais vus. Tous, ils prenaient mes parents dans leurs bras. Tous, ils se penchaient vers moi et me serraient contre eux.

Je me laissais faire en silence. Je regardais ce qui restait de ma famille, et je ne les reconnaissais pas.

Je sentais que, durant ces deux mois, après la vague, ils avaient vécu dans ce monde dévasté, ils avaient agi, ils avaient aidé des gens, ils avaient pleuré ensemble. Ils avaient tissé des liens avec d'autres familles ravagées – des liens de souffrance, mais des liens quand même. Et moi, au contraire, j'étais étranger à tout. Mon deuil ne se partageait pas.

On a placé mon fauteuil près du hublot. J'ai grincé des dents sous le soleil. Et lorsque l'avion s'est hissé dans les airs, en dévoilant la côte défigurée et la mer si calme, j'ai détourné la tête.

8

J'appréhendais le retour. J'appréhendais de retrouver l'appartement.

Je me souviens qu'ils parlaient dans le taxi, en arrivant chez nous. Tous les trois, ils parlaient de choses insignifiantes, pour conjurer le silence. Maman parlait pour moi, papa parlait pour maman, et Albert – venu nous accueillir à l'aéroport – parlait pour nous tous.

Mais lorsque nous avons ouvert la porte, aucun de leurs efforts n'aurait pu empêcher notre naufrage : il y avait la lumière du matin dans le salon, les bruits de la ville en contrebas, l'odeur de la boulangerie du rez-de-chaussée – et l'absence.

J'ai pensé que tous nos matins ressembleraient à celui-là : un grand vide, un gouffre immense, et nous quatre en chute libre.

Pourtant, tous les matins après ce jour, nous avons fait comme si. Comme s'il y avait un pont invisible au-dessus de l'abîme. Oui, nous avons continué, comme des funambules qui traversent un canyon : un pas à la fois.

Il y a eu les séances de rééducation et celles chez le psy. Le matin, j'essayais de me remettre debout, et l'après-midi je m'allongeais sur un divan.

Comme je ne parlais pas beaucoup, le psy me demandait de raconter mes rêves. Ils se ressemblaient tous : j'avançais seul dans les ténèbres, et je tenais une lumière. La flamme vacillait dans le noir, j'essayais de la protéger comme je pouvais, je sentais qu'il en allait de ma vie, que si elle s'éteignait j'étais mort. Et elle s'éteignait.

Faire ces cauchemars était terrible, et les raconter très pénible. Mais à la fin de la séance, j'éprouvais une sorte de soulagement, comme lorsqu'on a grimpé douloureusement une haute montagne et qu'on arrive au bivouac. Parfois même, de petits détails changeaient d'une nuit à l'autre, et cela me donnait de l'espoir. L'espoir de survivre à l'obscur.

Oui, peut-être ai-je cru, l'espace de quelques jours, que la vie allait vraiment reprendre son cours – parce que mon cœur battait, malgré tout, et que mon corps luttait de toutes ses forces.

J'ai fini par retourner au lycée. On m'a accueilli avec une sorte de gravité : j'étais celui qui avait survécu. Soudain tout le monde m'aimait bien. J'avais beau marcher avec une canne, je n'avais jamais eu autant d'amis. Eux me voyaient comme un héros, et moi comme une loque. Je me posais sur une chaise, j'écoutais chaque cours, je parlais peu. Plus j'étais distant, plus j'étais recherché.

Un jour, la plus belle fille du lycée s'est assise à côté de moi. J'ai pensé que j'étais vivant et, pour la première fois depuis longtemps, je m'en suis contenté. Une semaine après, un mercredi après-midi, elle m'a emmené chez elle. On était sur le canapé, on s'embrassait. Au bout d'un moment, elle s'est levée, elle m'a pris la main et m'a entraîné vers sa chambre.

Elle a ouvert la porte, et là j'ai vu : au-dessus de son lit, il y avait une grande vague sur un poster. On la distinguait au second plan, avec une plage de sable blanc et des cocotiers penchés. J'ai vomi sur sa moquette et je me suis enfui.

Après ça, je n'ai plus voulu retourner au lycée. Je n'avais pas peur du jugement des autres, je sentais seulement que j'étais à part, loin d'eux – ailleurs. Ce monde-là, ce temps-là n'étaient plus les miens. C'était comme venir d'une autre planète : leur air m'était irrespirable. Et toute cette comédie effroyable que chaque être humain joue pour vivre, et qui consiste juste à faire semblant de savoir comment être, moi, je n'en avais plus la force.

Les anciens prisonniers de Guantánamo disent qu'une des pires tortures qu'on leur ait infligées, c'était d'être exposé des jours entiers devant des haut-parleurs diffusant à fond deux musiques différentes. Je n'ai jamais subi ça. Mais durant toute cette période et bien après, le monde m'a paru un chaos toni-truant. Cette vérité de ma sœur morte, c'était comme deux baffles gigantesques qui me suivaient partout. Comme si j'étais emmuré dans un vrombissement de basses.

9

Très vite, la douleur s'est réveillée. Une douleur lancinante, dans tout mon côté gauche.
Au début, je n'en ai pas parlé. Il me semblait
que c'était un secret, un souvenir, presque un
cadeau. Elle était en moi comme un fantôme,
elle me hantait comme une absence. C'était
tout ce qui me restait du dernier jour de Jade,
je préférais mille fois sentir la déchirure que
le néant.

Alors je serrais les dents, je prenais un peu
plus d'antalgiques. Je sortais de moins en
moins. Je me lavais le moins possible.

Comme j'avais promis à mes parents que je
continuerais mes études, je faisais semblant
de bosser mes cours par correspondance.
Mais, en vérité, je me sentais de plus en plus
fatigué. Je restais de longues minutes à regarder le plafond de ma chambre, j'avais l'impression de quitter mon corps, de m'absenter,
de disparaître.

Parfois je repensais à la force que j'avais en moi durant la fuite avec Jade. Cette force qui ne venait de nulle part et qui surpassait tout. Il me semblait maintenant qu'elle avait été pour moi comme une vague intérieure, quelque chose d'irrésistible et sans merci, qu'elle était passée en moi et s'était retirée pour ne laisser qu'une terre sans vie.

Moi, à présent, je n'étais plus rien. J'étais dévasté, comme ces paysages d'après le tsunami. Mais je m'épuisais à le cacher aux yeux du monde, et surtout à ceux de mes parents.

Je continuais d'aller voir mon psy (un type qui essayait désespérément de me faire croire que tout ça n'était pas ma faute). Mais je n'y croyais plus. J'avais compris qu'il n'avait pas de réponse pour m'aider, qu'il ne savait pas plus que moi pourquoi j'étais encore là. Alors je gardais cette question en moi comme une maladie, et je la laissais me ronger doucement.

La seule chose qui me faisait tenir, c'était d'avoir mal dans toute ma jambe.

10

Un jour, on m'a réhospitalisé. Je ne me souviens plus comment c'est arrivé. Je me souviens juste de ce moment de joie vide en salle de réveil. Je n'avais plus de douleur, je ne sentais plus rien.

– Ça va aller, ça va aller maintenant, murmurait ma mère près de moi.

Elle disait que j'avais fait une infection, qu'on m'avait réopéré en urgence : il me restait des éclats dans le corps, des restes de la vague en moi. On les avait ôtés un par un, on avait sauvé ma jambe.

Elle avait l'air soulagé, alors j'ai souri.

J'ai demandé à avoir les éclats. «Mes éclats», j'ai dit.

J'ai dû les réclamer pendant trois jours. À la fin, on m'a apporté un petit bocal, dans lequel tintaient des bouts de plastique multicolores.

Quand la douleur me manquait, je secouais le bocal.

À l'hôpital, pendant cette période, j'étais presque bien. Mes journées coulaient suivant un rythme lent mais précis, tout était cadré. Si j'avais pu, je serais resté là très longtemps. Si j'avais pu, je n'en serais jamais sorti.

C'est ce que j'ai dit à mon chirurgien quand il est venu vérifier l'état de mes cicatrices :

– Je ne veux pas partir.

Il était en train d'examiner mes pansements, il m'a jeté un bref coup d'œil. Il a juste répondu :

– Mais si.

Il a ouvert la bouche comme s'il allait ajouter quelque chose. Mais il s'est tu. Et moi aussi.

J'avais failli lui dire, à lui. Que je ne voulais pas guérir. Guérir, c'était quitter tout à fait Jade. C'était retourner dans le monde, où l'on marche sur le fil de la vie comme si ce n'était pas un fil – comme si c'était une autoroute. Il me semblait que, où qu'elle fût (car je ne pouvais pas penser qu'elle n'était pas quelque part), j'étais plus près d'elle en étant malade.

J'ai failli le lui dire, parce qu'il était chirurgien et qu'un docteur doit comprendre ces choses-là. Puis j'ai vu les éclats dans le bocal, qu'il avait enlevés pendant deux heures et quarante minutes au bloc. Non, il ne pouvait pas comprendre. Il m'avait ramené du côté des gens bien portants.

11

À mon retour de l'hôpital, j'ai trouvé Albert dans ma chambre. Assis sur une chaise, près des lits superposés (dont j'avais occupé, après son départ, la banquette supérieure), il sortait des vêtements mal pliés d'un gros sac de voyage.

– Qu'est-ce que tu fais ? ai-je demandé.

– Je reviens, m'a-t-il répondu.

J'étais scié. Depuis un an, Albert vivait seul dans un joli studio au centre de Paris. Il y avait emménagé après avoir signé son premier CDI d'analyste financier dans une grande banque d'affaires.

– J'ai démissionné, a-t-il ajouté. Je n'avais pas assez de temps pour l'association.

L'association. C'était leur nouveau grand mot, ce qu'ils avaient trouvé de mieux pour vaincre le silence sans jamais parler vraiment. L'idée venait d'Albert, évidemment. Il y avait travaillé dès son retour en France, quand nous étions encore là-bas, dans la mort et la désolation.

Depuis, il y consacrait tous ses week-ends. Il avait embarqué maman dans l'aventure, et papa aussi. Tous les trois passaient des heures à dresser des plans d'action, à rédiger des lettres, à convaincre d'éventuels donateurs.

L'Association Jade récoltait des fonds pour les victimes du tsunami. Le moindre euro récupéré devait servir à reconstruire des écoles ou des hôpitaux. La première fois qu'on m'en avait parlé, j'avais haussé les épaules et dit :

— Comme si ça pouvait ramener les morts.

Un grand vent froid était passé sur nous, pétrifiant mes parents.

— Non, avait répondu doucement Albert. Mais ça peut aider les vivants.

Quand il disait «les vivants», il pensait aux gens du pays — ceux qui avaient perdu non seulement les êtres qu'ils aimaient, mais aussi leur maison, leur village, leurs moyens de subsistance. Albert, qui avait passé sa vie le nez plongé dans des livres de mathématiques sans jamais s'occuper de personne, travaillait maintenant d'arrache-pied pour des inconnus du bout du monde.

Et voilà qu'il démissionnait de son super-boulot grassement payé.

Je ne sais pas pourquoi, cette nouvelle m'a fait mal. J'ai ricané et j'ai dit :

— Je ne vois pas en quoi ton chômage peut être utile à quelqu'un.

— J'ai des économies, a répondu Albert sans me regarder. J'en donne la moitié à l'asso, et le reste je le garde pour les frais de fonctionnement. Si ça ne suffit pas, je trouverai un petit boulot.

J'ai senti une rage profonde, l'envie de le battre à coups de poing. Où trouvait-il la force ? Comment pouvait-il faire des projets ? Comment osait-il mêler le nom de Jade à sa pauvre petite tentative ?

J'ai chancelé vers lui et je me suis effondré.

12

Après son retour, c'est devenu bizarre pour moi. Nous partagions la même chambre (à côté, celle de Jade restait vide ; seule maman y entrait). J'avais récupéré la banquette inférieure des lits superposés, comme au temps de notre enfance. À ma sortie de l'hôpital, je ne pouvais plus grimper en haut, de toute façon, mais je lui en voulais d'être là – comme s'il avait pris ma place.

C'était une étrange cohabitation. Il voulait veiller sur moi, et moi, je me sentais surveillé. Il me semblait qu'il guettait mon souffle pendant mon sommeil. Son inquiétude me tapait sur les nerfs.

La plupart de ses journées, désormais, il les passait à la maison. Il se mettait dans le salon, sur le canapé, son ordinateur portable sur les genoux. Il consultait des rapports, discutait sur Skype avec des gens aux quatre coins de la planète, dessinait des graphiques bizarres.

Au début, j'ai fait comme s'il n'était pas là. J'étais dans ma bulle, dans mon chagrin plein de grondements. Et puis un jour je l'ai vu. Je l'ai regardé. Il n'était plus le même. Ça m'a bouleversé.

Je me suis assis près de lui avec mes cahiers. Il a levé les yeux de son écran, il s'est passé la main dans les cheveux et m'a fait de la place. On a fait semblant de travailler, peut-être parce qu'on avait peur de parler. Puis j'ai fini par demander :

— Pourquoi t'as des livres sur les arbres ?

J'avais cherché durant un quart d'heure une question inoffensive.

— Parce que..., a répondu Albert, c'est à cause des mangroves. Je veux savoir comment ça fonctionne... comment on pourrait les replanter...

— Qu'est-ce que t'en as à cirer ? On n'a même pas de jardin !

— Non, c'est juste qu'avant... (Comme il hésitait, j'ai compris brusquement que plus rien n'était inoffensif.) Avant, la plage où... Avant, il y avait des mangroves tout autour, des forêts de palétuviers qui faisaient une transition entre la terre et la mer, et qui donnaient du poisson aux pêcheurs... On les a arrachées pour construire des hôtels de luxe, mais ces mangroves... on pense qu'elles protégeaient les côtes de la violence des raz de marée…

Ça m'a déchiré le cœur. Et en même temps ça m'a soulagé. Pour Albert, le coupable dans notre tragédie, ce n'était pas moi. Ce n'était même pas Dieu, ou le hasard, ou l'absurdité de la vie. C'était la disparition des mangroves.

Après, sa présence m'a fait du bien. Tout me semblait plus simple. Il m'expliquait mes maths, et moi, je regardais ses dossiers. Ma colère ne flambait plus, il n'en restait que quelques braises, et j'attendais qu'elles se transforment en cendres pour qu'enfin je sois en paix avec tout – et même avec l'Association Jade.

Mais un jour, Albert a été contacté par une fille. Son image est apparue sur l'écran. Elle était jeune, en tout cas plus jeune qu'Albert, et très jolie. Il y avait quelque chose dans son regard de grave et de bon, qui m'a serré la gorge.

– Merci de me rappeler, a dit Albert.

– Je vous en prie, a répondu la fille en français, avec un drôle d'accent.

Elle s'appelait Amber. Elle avait les cheveux blonds et les yeux bleu foncé. Quelque chose

54

en elle évoquait la mer sous un soleil franc, je trouvais ça presque insupportable.

– Amber ! C'est ridicule…, ai-je grommelé.

Puis j'ai réalisé qu'il y avait des filles qui s'appelaient Ambre comme d'autres s'appelaient Jade. Je me suis mordu les lèvres.

Elle téléphonait de Toronto, au Canada. Elle aussi avait monté une association, trois ans plus tôt, depuis que sa sœur aînée était morte dans un tremblement de terre au Nicaragua. Elle expliquait – dans un joli mélange de français et d'anglais – comment elle avait réuni des fonds, elle aussi, à dix-sept ans à peine. Et comment elle les avait redistribués là-bas, à des organisations locales.

– Notre but, ce n'était pas d'aider aux grandes choses – parce qu'il y a plein d'autres organismes plus compétents pour ça. Mais d'aider aux toutes petites. Pas les routes ou les hôpitaux, mais les semences de maïs pour les prochaines récoltes, ou les livres pour une bibliothèque de village, ou je ne sais quoi…

Quand elle a évoqué les dégâts immenses du tremblement de terre, sa voix ne tremblait pas. Je la regardais et je me disais : « Alors, c'est à ça que ça ressemble, quelqu'un qui a fait son deuil ? Elle est passée par toutes les phases (mon psy me les avait décrites), par le déni, la colère et la dépression ? Et maintenant elle peut se tenir là devant nous, et nous parler sans fléchir ? »

J'étais impressionné par le fait qu'une fille de dix-sept ans – car c'était son âge à la mort de sa sœur, presque le mien, en fait – ait eu assez d'énergie et de résolution pour transformer son chagrin en une force qui aide les autres.

Mais je ne pouvais pas m'empêcher de penser que, pour elle, c'était plus facile. Elle, ils avaient retrouvé sa sœur. Il y avait eu une cérémonie, une tombe où elle pouvait venir déposer des fleurs et même prier (parce qu'elle avait une tête à prier). Et puis, ce n'était pas sa sœur jumelle qu'elle avait perdue, et ce n'était pas sa faute à elle.

J'ai senti ma colère se rallumer. J'ai pris mes cahiers, j'ai dit :

– J'ai envie de prendre l'air. Je vais à la bibliothèque.

Albert m'a souri. Je crois qu'il était heureux de me voir sortir un peu.

J'ai attrapé ma canne dans le porte-parapluies de l'entrée (alors que je n'en avais plus besoin), parce que j'avais du mal à l'idée d'affronter l'extérieur sans elle. Il y avait des sacs de courses dans l'entrée, que le livreur avait déposés là et qu'on était censés ranger dans la cuisine. Un paquet de chips dépassait d'un des plastiques. Je l'ai pris. J'ai ramassé aussi deux cannettes de bière dans le pack à côté. J'ai calé mon sac à dos sur l'épaule, j'ai pris une inspiration, j'ai claqué la porte. Et soudain, très vite, à la sortie de l'ascenseur, je me suis retrouvé dehors.

13

J'ai marché à pas lents, la poitrine oppressée. Je m'appuyais sur ma canne et, comme il faisait chaud, j'ai bientôt été couvert de sueur. De temps en temps, je m'adossais aux murs des vieux immeubles du quartier. J'ai mis plus d'une demi-heure avant d'atteindre la bibliothèque.

Je me suis assis à l'une des tables, où des étudiantes aux cheveux longs révisaient leurs partiels en mangeant des gâteaux. J'ai sorti des livres de mon sac et suis resté là, sans les ouvrir, secoué de frissons malgré la tiédeur étouffante du lieu.

Soudain je me suis levé, je suis allé vers le bureau de l'accueil. Il était occupé par l'éternelle dame en jaune, qui était là depuis toujours et que je n'avais jamais vu sourire. J'ai dit :

— Ma sœur. Elle vous a emprunté des livres et elle ne sait plus lesquels.

J'ai donné son nom. En pinçant les lèvres, elle a martelé son clavier.

— *Persuasion*, de Jane Austen. *Le Temps retrouvé*, de Marcel Proust.

Et d'une voix aigre, elle a ajouté :

— Il y a une pénalité de retard. Sept centimes par jour et par document. Ce qui fait vingt-neuf euros et quarante centimes.

J'ai dû avoir une drôle d'expression, parce qu'elle m'a regardé fixement. Sur ses lunettes, l'écran de l'ordinateur dessinait un carré pâle ; mais au-delà, le bleu glacé de ses prunelles avait l'air de fondre et ses mains tremblaient. Elle venait peut-être de me reconnaître — on avait parlé de nous dans le quartier.

— Et avant ? ai-je demandé en détournant le regard (sa pitié m'était intolérable). Les emprunts d'avant, c'était quoi ?

— Euh… Encore *Persuasion*, de Jane Austen. Et *Le Temps retrouvé*, de Marcel Proust. Elle les a réempruntés plusieurs fois. Et aussi… *Le Château*, de Kafka. Celui-là, elle l'a rendu au bout de quatre jours.

J'ai demandé à avoir l'exemplaire de Kafka, parce qu'elle l'avait tenu entre les mains. Et j'ai voulu aussi les livres qu'elle n'avait jamais pu rendre, parce qu'elle les avait aimés au point de les relire. La dame en jaune m'a dit qu'on les avait rachetés à la fin du troisième mois. Elle est allée me les chercher.

J'ai tendu ma carte, elle les a enregistrés,

je les ai mis dans mon sac (après les avoir soigneusement enveloppés dans mon pull) et je suis parti.

Le soleil brillait à travers les arbres de la rue, projetant l'ombre bleue des feuilles sur le trottoir. J'ai senti mon cœur battre encore plus fort, j'ai happé l'air dans mes poumons comme si je me noyais. Je voulais rentrer à la maison mais c'était trop loin, l'ombre des arbres me perturbait et je respirais avec peine. J'hésitais presque à faire demi-tour, quand j'ai pensé au parc, pas loin, à deux rues, dans lequel il y avait des bancs où je pourrais m'asseoir.

J'étais hors d'haleine quand j'ai franchi le portail du jardin public. Je me suis dirigé vers le premier banc venu. Et sur ce banc, il y avait Mickaël.

Je l'ai vu m'observer tandis que j'approchais. Il me fixait de ses yeux verts, avec ce drôle de regard qui me fichait la frousse depuis toujours.

Avant, je l'évitais quand je pouvais – je faisais même des détours pour ne pas passer devant le porche d'immeuble où il a l'habitude de dormir. Jade, elle, ne le craignait pas et le saluait toujours. Parfois même ils bavardaient. Certains jours, pourtant, elle lui faisait juste un petit signe de tête sans s'arrêter : ces jours-là, Mickaël était assis sur son sac de couchage, les yeux injectés de sang, avec un tesson de bouteille à ses pieds, et l'on avait l'impression qu'il suffirait de presque rien pour qu'il nous égorge avec.

J'aurais pu l'éviter une fois encore, mais – je ne sais pas pourquoi – j'ai avancé vers le banc, en m'appuyant sur ma canne. Et je me suis assis à côté de lui, avec le poids de ses prunelles dures qui me faisaient baisser les yeux.

Il y a eu un grand silence – ce silence des parcs dans les grandes villes, avec le ronronnement des voitures et le chant des oiseaux qui se mélangent.

J'avais terriblement soif. J'ai sorti les bières et je lui en ai proposé une. Il a refusé, en fixant sur clle un regard fasciné.

– Non. Non, je n'y touche plus. Ça me rend fou.

Je n'ai pas osé ouvrir la mienne, alors j'ai déchiré le paquet de chips et je le lui ai tendu, après en avoir pris une poignée.

Nous avons mâché nos chips en regardant les arbres.

Au bout d'un moment, il m'a juste dit :

– J'ai appris, pour la petite. Ça m'a fait de la peine. Beaucoup de peine.

Comme je ne disais rien, il a ajouté :

– Pour toi, ça doit être très dur.

J'ai fait oui de la tête.

Il m'a regardé, il n'a pas bougé, il a juste serré ses genoux entre ses bras et il a dit :

– Je sais ce que c'est. Je sais ce que c'est quand tout s'écroule. On croit que c'est fini. Mais ce n'est pas fini. Parfois on voudrait. Mais la vie… La vie.

C'était un inconnu, et pourtant, pour la première fois depuis longtemps, je ne me suis pas senti seul.

On est restés assis tous les deux sur le banc. On a laissé le silence se poser sur nous comme un manteau de plumes. Au bout d'une heure, peut-être plus, il a dit tout bas :

– Ta sœur, tu sais, elle avait compris c'que c'est qu'la vie.

J'ai senti ces mots ouvrir une brèche en moi.

– Et qu'est-ce que c'est que la vie ? ai-je fini par articuler.

– Quelque chose qui s'explique pas.

Il s'est plongé dans ses pensées. Je me suis perdu dans les miennes. Au bout d'un moment, il a redit :

– Quelque chose qui s'explique pas. Par

exemple, on ne peut pas expliquer pourquoi je suis ici, sur ce banc. Et pourquoi toi tu es ici. Enfin, si, on peut donner des raisons, mais au fond, la vraie raison, celle qui nous a amenés ici, ce pourquoi-là, il… il a pas de réponse. Tu comprends ? Ça veut pas dire pour autant qu'il n'y a pas de sens. C'est simplement qu'il n'y a pas de mots.

Ses yeux avaient d'étranges éclats. J'ai pensé que sa folie l'avait repris.

– Moi, tu sais, disait-il, ça va te paraître bizarre, mais parfois je me sens plus heureux sur mon trottoir que plein de gens qui passent devant. Et même, je vais te dire, il y a des gens qui passent, ils ont l'air si peu heureux que j'ai envie de les aider. Je leur demande s'ils ont un euro à me donner. Quand ils me le donnent, j'ai l'impression d'avoir fait une bonne action.

– Mais… euh… C'est pas plutôt eux qui en ont fait une ? (Je lui parlais doucement, comme à un grand malade – comme il me parlait à moi depuis que j'étais assis sur ce banc.)

– Si, aussi, justement. C'est ça qu'elle avait compris, ta sœur, un truc qui s'explique pas non plus : aider quelqu'un, ça aide.

14

Les jours suivants, je suis retourné au parc. Et je me suis assis sur le banc. Parfois Mickaël venait et nous restions assis presque sans parler. Mais souvent j'étais seul, je m'allongeais sur les planches de bois vertes dont la peinture s'écaillait, j'écoutais sans y penser les conversations proches.

La plupart du temps, c'était des paroles du quotidien : des choses qui me paraissaient, à moi, vides et stupides. Des chaussures qu'on avait repérées dans une boutique, des phrases désobligeantes d'un petit chef, une dispute d'amoureux idiots.

Moi, pendant tout ce temps, je regardais les nuages passer.

Je repensais à mes dernières séances chez le psy. J'avais des bouffées de rage contre lui. Il voulait que l'on parle du jour. Il voulait que je lui raconte toute la journée, depuis les oiseaux blancs du petit déjeuner jusqu'à la terrible nuit bourdonnante de mouches.

Je me taisais. Je lui faisais croire que je refusais d'en parler. La vérité, que je n'osais pas lui dire, c'est que j'avais presque tout oublié.

Une vague avait balayé ma vie, ma sœur jumelle était morte à côté de moi, et je n'avais de tout cela que des lambeaux de souvenirs. Je distinguais les oiseaux blancs, j'entendais à nouveau les mouches, mais le reste se perdait dans un brouillard rouge sang. Je nous voyais vaguement, Jade et moi, sur la plage. Elle me disait quelque chose. Je voyais ses lèvres remuer sur son visage devenu flou (même ses traits à elle s'effaçaient aujourd'hui), je ne percevais pas les mots. Il me semblait que, si j'avais pu seulement revivre ce petit moment-là, je serais moins malheureux, je serais plus en paix. Mais il y avait comme un trou noir en moi : plus j'approchais de la zone dévastée, plus je devenais amnésique.

Un matin, alors qu'un vieux monsieur lisait le journal sur le banc d'à côté, j'ai repensé aux livres que je portais toujours dans mon sac. Je les ai sortis. Ils étaient toujours emballés dans mon vieux pull-over (tout moucheté de miettes de chips, et dont la déchirure au col s'était agrandie entre-temps).

Je n'ai pas osé feuilleter ceux qu'elle avait

aimés – ils étaient presque neufs, ils ne me parlaient pas. Mais j'ai ouvert celui qu'elle avait rendu au bout de quatre jours. Celui-là lui avait peut-être déplu mais qu'importe : elle l'avait touché, feuilleté. Il avait forcément gardé quelque chose d'elle.

Moi, jusqu'ici, j'avais toujours pensé que les objets n'étaient que des objets. Que la seule chose qu'un être humain pouvait laisser dessus, c'était des empreintes et des cellules épithéliales. Mais là, en tenant le livre entre mes mains, j'avais la sensation de sa présence. J'ai suivi du doigt le tracé du dessin sur la couverture, cette silhouette de château au coucher du soleil, qui semblait s'élever au-dessus d'une vieille ville rougeoyante. Ça m'a fait mal.

Presque aussitôt, j'ai été pris dans un drôle de bourdonnement. J'avais l'impression que les arbres se penchaient sur moi, qu'ils m'enserraient dans une sorte de tunnel vert.

Le vert est devenu rouge sang, j'ai dû perdre conscience et puis…

Nous courons sur le sentier, Jade et moi. Je lui tiens la main, je la serre très fort. Soudain elle se penche sur le côté, elle me désigne avec angoisse une petite forme rose et vagissante, elle me dit qu'il faut sauver le bébé, je distingue l'enfant qui pleure assis dans l'herbe, il tend les bras, il a l'air effrayé, tout le monde court autour de nous. Et moi, je m'entends dire : « Non. »

Je me suis réveillé en larmes. Sur le banc voisin, le vieux monsieur était parti. J'ai pensé que la mémoire, c'était l'enfer.

15

Si j'ai pu, à ce moment de mon récit, donner l'idée que ma famille ne m'a pas aidé durant tous ces mois, cela m'afflige. La vérité, c'est que mes proches tentaient de toutes leurs forces de me tirer hors du vide. Mais leurs forces étaient peu de chose, même s'ils m'aimaient, parce que leur cœur était brisé et que moi, je désirais l'abîme. Je ne me le disais pas comme ça. Mais j'étais épuisé – comme les oiseaux dont les ailes sont engluées de pétrole et qui battent des ailes pour rester à la surface de l'eau. À la fin, ils s'arrêtent, et le repos vient malgré eux.

J'avais envie de ce repos, de sombrer dans un grand calme pour revenir un jour à la surface, neuf et apaisé. Je me laissais couler, sans savoir que du fin fond des abysses on ne revient pas.

J'étais de plus en plus renfermé. Chez le psy, je restais des heures à me taire, je ne prenais plus mes médicaments. Et je passais mes journées sur le banc à boire de la bière.

L'été approchait, je haïssais l'été. Voir les enfants rire dans le parc m'était douloureux, voir des amoureux s'enlacer sur les bancs m'était douloureux, voir les pigeons se faire la cour m'était insupportable. Tout ce qui parlait de la vie, de la force et de l'amour était mon ennemi. Et même mes proches, mes parents très aimés, mon frère incompris, je leur en voulais d'avoir l'air de lutter. Car ils luttaient. Ils avaient les ailes engluées eux aussi, mais ils battaient des ailes, inlassablement. Parfois j'avais l'impression que leurs ailes grandissaient, à chaque battement. Et qu'ils s'éloignaient de moi.

La disparition de Jade m'avait amputé de tout ce que j'étais. Et eux, on aurait dit qu'ils en avaient été augmentés, amplifiés, densifiés. La souffrance avait sculpté mes parents. Ils ressemblaient à des héros grecs. En eux la vie était devenue plus palpable. Plus sombre et plus ardente. Quant à Albert, un feu secret semblait couver en lui, qui le maintenait droit et tranchant, comme une flèche lancée vers sa cible. Tous ils m'avaient laissé seul, dans mon enfer à moi : n'avoir pas pu sauver ma sœur.

Quand la brume de chaleur a recouvert la ville, Mickaël a disparu. J'ai pensé qu'il était peut-être parti vers le sud. Il avait plié son sac de couchage, embarqué ses quelques affaires dans un sac en plastique, et quitté le bout de trottoir où il dormait tous les jours. C'était la dernière personne qui me donnait du courage, à sa drôle de manière. Parce que lui, il avait survécu à tout.

Un matin, j'ai vu l'image d'Amber s'afficher sur l'ordinateur d'Albert pendant qu'il prenait sa douche. Elle m'a vu aussi, elle a dit :
— Vous êtes Max ?
Elle avait toujours son air grave et bon, et ses yeux éclatants. Je n'ai pas répondu, j'ai juste abaissé l'écran de l'ordinateur. À côté, il y avait un passeport, des billets d'avion pour Toronto, datés pour dans deux mois. Et un petit paquet de dollars canadiens et d'euros, en billets de cent.
Je ne sais pas pourquoi, j'ai pris l'argent et les billets d'avion. Peut-être que l'idée d'Albert allant roucouler près de cette fille couleur de mer m'a fait péter un câble. Ou peut-être n'y a-t-il pas d'explication à tout ce que j'ai fait ce jour-là.

J'ai acheté une bière à l'épicerie du coin. J'ai sorti les boîtes de médicaments qui m'étaient prescrits. Et j'ai avalé tout ce que j'ai pu.

TROISIÈME PARTIE

16

Je suis sur un bateau, dans une tempête. Il fait nuit, je vois la mer onduler dangereusement autour de moi, et les vagues grises s'abattre sur la coque avec des gerbes d'écume bleue. Le navire est tout rouillé, il grince, il résiste, il craque. Le pont est balayé par les embruns et le vent, je m'accroche à tout ce que je peux. Je sens que mon bateau prend l'eau. Bientôt il coule, me voilà sur un débris, je rame avec une planche arrachée au naufrage.

Presque aussitôt, la mer se calme et je me retrouve dans la pénombre. Je suis seul, environné d'eaux sombres. Je rame. Je ne sais pas où je vais. Au bout d'un moment, j'aperçois une lueur à l'horizon, alors je rame de plus belle. J'ai l'impression d'être aidé par le courant, je me rapproche du halo de lumière. Étrangement, c'est une île qui brille ainsi.

Je distingue une plage au sable d'un blond éclatant, un coin de ciel bleu, une forêt au milieu de l'île et une source d'eau vive qui jaillit d'un rocher. Sur la plage, une petite fille m'attend. Quand j'atteins le lagon turquoise qui borde l'île, la fillette bat des mains, et je reconnais Jade.

Je m'approche encore, Jade est à présent une très vieille dame qui m'observe d'un air soucieux. Elle sourit cependant, et je me sens consolé de tout.

Jade se métamorphose encore. Elle semble changer à chaque souffle, et cette fois c'est une jeune femme très belle – celle qu'elle serait sans doute devenue si elle avait pu avoir trente ans. Je suis sur le point d'accoster le rivage, mais la jeune femme s'avance d'un pas, tend le bras vers moi, et bizarrement le radeau sur lequel je suis semble buter contre un mur invisible.

J'essaie désespérément de forcer le barrage, et, pendant que je me débats avec ma rame, Jade s'est encore transformée : elle est telle que je l'ai quittée. Elle porte le tee-shirt trop long et le bermuda du dernier jour. Mais elle est si radieuse, sur le sable doré, qu'il semble qu'une lumière émane d'elle, et je me demande comment j'ai pu ne jamais remarquer qu'elle rayonnait comme un soleil.

Un instant, pourtant, sa lumière se voile : au moment où je tente, avec plus de violence, de franchir la bulle qui me sépare d'elle.

– Non, dit-elle. Non.

Elle fait un pas de plus vers moi, je me penche vers elle, j'essaie de saisir sa main.

– Tu me manques, lui dis-je.

– Oui, répond-elle en touchant mon radeau. Toi aussi tu me manques.

Et, sur ces mots, avec un sourire doux, elle me repousse au large.

17

Je distingue deux visages penchés sur moi.
Ils ont l'air anxieux, ils me parlent, ils me sup-
plient. Il y a des yeux dorés noyés d'angoisse,
et des yeux verts qui me transpercent. J'entends le grondement d'une voix familière, et
ce grondement est une prière :

— Allez, petit, tu ne peux pas me faire ça…

Moi, je veux retourner à mon rêve, à ce
radeau bercé par la houle. Mais leurs mains
me secouent, me soulèvent, me portent, et je
comprends soudain que la houle, c'est eux.

18

Quand je me suis réveillé, j'étais aux urgences. Il y avait un tube dans un de mes bras, j'avais mal à la tête et à la gorge. Sur le moment, j'ai pensé que j'étais de nouveau là à cause des éclats, et puis je me suis souvenu : j'étais allongé sur le banc, j'avais le désespoir en moi, la colère et la haine. C'était comme un mauvais rêve.

J'ai fermé les yeux, et aussitôt j'ai revu la lumière de l'île, et Jade rayonnante qui me souriait. Étrangement, cette image-là me semblait bien plus réelle que tout le reste de ma vie ; et surtout, elle me procurait une joie qui jaillissait en moi comme un geyser.

À ce moment, une infirmière est entrée. Elle m'a souri d'un air hésitant. Elle était jeune, avec des yeux pâles, des cernes sombres, et une peau si fine que je pouvais voir les veines bleues le long de ses tempes.

— Vous… Vous avez eu de la chance, a-t-elle dit.

Elle a sorti un papier de sa poche.

— J'ai… J'ai noté pour vous les noms de… ceux qui vous ont amené ici. Je me suis dit que peut-être vous aimeriez savoir… Ils ont réagi avec beaucoup de sang-froid, vous savez. Il y en a un, un petit jeune homme qui dort dans le square d'à côté – c'est lui qui vous a trouvé. Il est afghan, il parle un peu anglais, il a eu un très bon réflexe – il vous a donné des tapes pour vous réveiller, et en faisant ça il vous a peut-être sauvé la vie. Et puis il y a un autre jeune homme, qui vous a porté jusqu'ici. Il a dit qu'il vous connaissait. Mickaël, je crois…

Elle a lu sur le papier :

— Oui, c'est ça… Il nous a donné votre nom. On… On est en train d'essayer de joindre vos parents, ils ne devraient pas tarder.

Soudain, la honte m'est venue. Une honte intense, brutale, dans laquelle j'avais l'impression de me noyer. Je ne pouvais pas supporter l'idée de mes parents, du choc et de la peine que j'allais leur causer ; et bientôt, dans quelques minutes, quand ils franchiraient cette porte, il me faudrait lire ce choc et cette peine dans leurs yeux, et sentir que j'avais ajouté à leur accablement déjà immense un nouveau fardeau.

J'étais en pleine panique quand la porte s'est ouverte sur un homme grand, athlétique, avec un air de surfeur californien : mon chirurgien, celui qui m'avait ôté les éclats de la jambe.

19

Il a fait un signe à l'infirmière, qui a quitté la chambre, non sans avoir posé sur la tablette près de mon lit le petit papier griffonné.

— J'ai appris par hasard que vous étiez là, a-t-il dit en s'asseyant sur le seul fauteuil.

Il est resté là silencieux un bon moment, avec ses coudes sur ses genoux et son menton sur ses mains. Il semblait profondément las — peut-être qu'il avait dû opérer très tôt, ou qu'il était de garde la nuit précédente. Ou peut-être que c'était moi.

— Ce n'est pas ce que vous croyez, ai-je fini par dire. Je n'ai jamais voulu… Je ne voulais pas me tuer… Je voulais juste faire pomme Z.

Il a levé vers moi des yeux stupéfaits.

— Pomme Z… vous savez… comme sur les ordinateurs. Juste effacer quelques heures… Quelques mois… Tourner une page…

— Mais… Mais, mon garçon, c'est toi que tu as failli effacer !

Je n'ai pas répondu, et lui il est resté à

regarder ses baskets pendant un bon bout de temps. Il faisait plus vieux, tout à coup, et vraiment moins californien. À la fin, il s'est frotté le visage, longuement. Il a joint les deux paumes de ses mains devant lui, comme les moines bouddhistes en prière. Et j'ai eu l'impression que c'était un peu pour moi qu'il la faisait, sa prière.

Il a gardé les yeux mi-clos et il a dit :

— Ne reste pas comme ça. Fais-toi aider, ou plutôt, laisse-toi aider. Il y a une psy formidable dans notre équipe, elle va venir te voir avant que tu ne partes.

Comme je ne répondais pas, il s'est levé. Au moment de quitter la pièce, il s'est retourné vers moi :

— Tu sais, ces heures… ces heures qui sont une torture… elles ne durent pas toute la vie. Elles ne sont pas ta vie. Au contraire, elles passent, elles se détachent de toi, elles sont comme des feuilles mortes. Ces heures-là, les pires heures, elles n'ont plus de pouvoir sur toi si tu sais qu'elles vont passer.

— Mais pour quoi ? ai-je murmuré. Pour quoi ?

Il a regardé la machine, près de moi, qui indiquait les battements de mon cœur.

— Pour ça. C'est la seule horloge qui vaille. Chaque battement, c'est un cadeau.

Il a fermé la porte. J'ai reposé ma tête sur l'oreiller. J'ai pensé à mes parents. Je ne voulais pas qu'ils me voient de nouveau sur un lit d'hôpital.

Alors j'ai bondi hors du lit, j'ai enfilé mon jean et mon pull. Je venais de me souvenir qu'ils étaient partis le matin en province pour rendre visite à mes grands-parents : avec un peu de chance, je pouvais être rentré à la maison avant eux. Peut-être même, si la vie voulait seulement m'épargner un peu, oui, peut-être qu'ils avaient perdu leur téléphone portable, qu'ils roulaient insouciants sur la route du retour, qu'ils ne sauraient jamais rien.

J'ai attrapé mon sac, il s'est renversé sur le sol, j'ai tout ramassé en vrac. Je me suis glissé hors de ma chambre et j'ai longé les couloirs encombrés du service des urgences. Personne ne me prêtait attention. J'ai pris les escaliers, je suis arrivé sans problème jusqu'au hall d'entrée. Et là, de loin, à travers la porte vitrée, j'ai vu le visage tourmenté de ma mère qui montait en courant les quelques marches du perron (à son cou brillait une larme d'or : la médaille de baptême de Jade).

J'ai reculé. J'ai couru vers les toilettes. J'ai

vomi dans l'une des cuvettes. Puis je suis allé, en titubant, vers le lavabo et je me suis lavé le visage. Alors, en levant les yeux, j'ai vu mon reflet dans la glace. Je ne m'étais pas vraiment regardé depuis très longtemps. Je ne me suis pas reconnu. En six mois, mes cheveux avaient beaucoup poussé, ils pendaient ternes et fins jusqu'à mes épaules, et j'avais une barbe irrégulière sur les joues. Mes yeux étaient creusés et sombres, avec un éclat dur qui me mettait mal à l'aise, et l'ensemble de ma figure amaigrie était blême – à l'exception d'un coup de soleil rouge vif sur le nez et les pommettes, car j'étais sûrement resté une bonne heure au soleil de juillet, inconscient, avant qu'on m'amène à l'hôpital.

Cette image que je voyais de moi me désespérait – je pensais à ma mère, à ce qu'elle ressentirait en me voyant dans cet état.

Je suis resté une minute comme ça, les mains crispées sur le lavabo, à essayer de maîtriser mon vertige. Puis j'ai tracé jusqu'à la sortie, tandis que tout le monde me cherchait à l'étage au-dessus.

20

Le problème des mauvais choix, c'est qu'ils en entraînent d'autres. Moi, en tout cas, je courais de toutes mes forces loin des seuls êtres au monde qui comptaient pour moi. J'avais l'impression que ma vie se résumait à cela : cette fuite absurde.

Au début, j'ai pris la direction de l'appartement. Mais, dans ma panique, j'ai bifurqué. Je me suis dirigé vers le square. J'ai couru comme un fou, jusqu'à ce que j'aperçoive la cime verte des arbres qui brillaient sous le soleil. Je me suis arrêté à quelques mètres du grillage ; les arbres ondulaient sous le vent, des rires d'enfants flottaient dans l'air. J'ai essayé de réfléchir. J'ai pensé aux feuilles qui se détacheraient à l'automne, aux heures qui ne m'enfermaient pas.

Alors, le cœur battant, j'ai fait demi-tour et j'ai marché vers l'hôpital.

Mais, en chemin, la panique m'a repris. J'étais devant le grand parvis de la gare de l'Est. Je me suis adossé un moment contre la grille, le temps de retrouver mon souffle. J'entendais de loin le bruit des annonces des trains. Je ne sais pas pourquoi, je ne sais pas comment, mais la minute d'après j'étais dans un train pour Troyes.

21

Quand j'étais petit, j'aimais beaucoup les gares. J'aimais les trains alignés, et les gens sur le quai, et l'attente des correspondances, et le ronronnement des valises que l'on traîne. J'aimais la voix de la dame dans les haut-parleurs, et l'uniforme des contrôleurs. Et par-dessus tout, j'aimais les trains qui partent.

Jade disait qu'il y a des tas de romans dans une gare. Que les vies sont comme les rails : parfois elles s'étirent en parallèle, parfois elles se croisent. Que chaque train qui s'éloigne contient au moins une histoire qui finit et une autre qui commence. Oui, elle disait que les gares étaient pleines de joie et de tristesse ; et moi, je haussais les épaules, parce que je ne voyais que la joie.

Lorsque je me suis retrouvé tremblant, appuyé contre la grille de la gare, et que j'ai entendu la petite musique des annonces, il m'a semblé qu'on m'appelait. J'ai franchi le parvis aux pavés inégaux, je me suis avancé sous les voûtes blanches. Je voulais voir ce qu'elle voyait autrefois. Je pensais, dans mon désespoir, ne sentir que de la tristesse en ce lieu. Et pourtant, étrangement, ce que j'éprouvais en fait ressemblait presque à du bonheur. Jade avait raison : les gares étaient pleines de joie et de tristesse. Et malgré la brèche qui balafrait mon cœur, ou peut-être grâce à elle, j'étais capable à présent de percevoir l'une et l'autre.

Le signal de fermeture des portes sonnait quand j'ai bondi dans le train. J'ai atterri sur la moquette grise, j'étais hors d'haleine, j'avais un point de côté. Mais, pour la première fois depuis longtemps, il y avait en moi une sorte d'euphorie. Le train prenait de la vitesse, s'arrachant aux murs de la ville. M'arrachant aux murs de ma vie.

— Papa, maman, pardonnez-moi.

J'ai fouillé mon sac à la recherche de mon portable. Je voulais juste leur dire ces mots. Et que j'allais bien, que je serais là bientôt.

Mais il n'y avait pas de portable dans mon sac.

Je me suis assis dans un compartiment vide, la tête dans les mains, pour sangloter comme un perdu. Qu'est-ce que je faisais ? Qu'est-ce qui m'arrivait ? Jusqu'où allais-je aller dans le n'importe quoi ? Je ne me ressemblais plus. Il ne restait plus rien de moi. J'avais l'impression de me perdre un peu plus à chaque instant. Et pourtant, au fond de moi, je sentais que c'était dans ma vie d'avant, la vie du beau gosse d'avant la vague, que je m'étais vraiment perdu. Cette existence-là, ce gars-là avec sa mèche, je n'en voulais plus.

Au bout d'un moment, j'ai levé la tête. Le soleil brillait à l'arrière du train dans l'après-midi finissant. Comme le compartiment voisin résonnait de musique et de voix, j'ai pensé qu'il y aurait peut-être là quelqu'un qui me prêterait son portable cinq minutes, le temps d'appeler à la maison pour rassurer ma famille.

J'ai attrapé mon sac et, une fois de plus, sa fermeture s'est ouverte, laissant échapper la moitié de son contenu. Il y avait l'argent que j'avais piqué à Albert, les livres de Jade que j'avais laissés dedans tout ce dernier mois sans les ouvrir, les billets d'avion, ma carte d'identité, le papier froissé sur lequel l'infirmière avait écrit le nom de ceux qui m'avaient aidé. J'ai ramassé tout cela et l'ai glissé entre les pages des livres neufs. Puis j'ai ficelé ces livres ensemble – avec celui du château au milieu, entre les deux autres – à l'aide d'un vieux lacet de basket qui traînait au fond. Je me suis penché sous la banquette pour vérifier que je n'avais rien laissé, puis j'ai quitté mon compartiment pour aller dans le suivant.

22

Ils étaient trois, et ils fumaient, affalés sur les banquettes. L'un d'eux avait son pied dans l'entrebâillement de la porte, l'autre jetait les cendres de sa cigarette à travers l'étroite ouverture de la fenêtre. Quand je me suis avancé vers eux, ils ont eu un drôle d'air. J'ai su tout de suite qu'ils ne me prêteraient rien.

J'ai marmonné quelque chose et j'ai voulu repartir, mais le troisième a agrippé mon sac en me traitant de fillette. Le sac s'est ouvert, les livres sont tombés par terre, ils ont ricané. L'un d'eux les a pris et, le plus naturellement du monde, les a balancés par la fenêtre. J'ai crié, ils m'ont jeté à terre, et pendant qu'ils vidaient le sac en me donnant des coups de pied, je regardais les poteaux électriques défiler.

Cinq minutes, peut-être, se sont écoulées comme ça – moi recroquevillé contre la porte que je n'arrivais pas à franchir, et eux qui me frappaient avec les débris de mon sac à dos. Soudain une violente secousse les a fait vaciller : le train venait de freiner d'urgence. J'ai eu le temps d'en voir un se fendre la lèvre sur la tablette près de la fenêtre, et un autre s'écraser contre le porte-bagages. J'ai bondi hors du compartiment et j'ai couru.

Quelqu'un avait actionné le signal d'alarme. On m'avait peut-être entendu crier.

Dans le wagon suivant, des gens avaient envahi le couloir, vaguement inquiets. Une odeur de métal surchauffé planait dans l'air immobile. Moi, je ne pensais qu'aux livres envolés par la fenêtre, et au portable que je n'avais pas trouvé. J'ai fini par demander le sien à une jeune femme. Elle me l'a prêté d'un air hésitant. Je suis tombé sur le répondeur de ma mère, j'ai bredouillé quelques mots, j'ai rendu le portable. Puis, j'ai ouvert une des portes du train arrêté et j'ai sauté du wagon.

J'ai marché le long des rails en trébuchant sur le gravier. Le soleil se couchait à l'horizon. J'ai descendu le terre-plein et j'ai rejoint un petit chemin de terre qui longeait les champs.

J'ai pensé que bientôt la nuit viendrait. Je

me suis mis à courir de toutes mes forces. J'espérais retrouver les livres avant que l'ombre n'ait tout recouvert. Une heure a dû s'écouler. Je courais toujours. J'avais mal au ventre. Parfois je butais contre un caillou et je tombais. Le crépuscule couvrait l'horizon d'une brume mauve.

Il ne restait qu'une lueur rose à l'ouest quand j'ai vu, au bord d'un champ de colza, sur la bande de terre brune du chemin, des formes blanches qui ressemblaient à des oiseaux échoués.

C'était les livres de Jade, avec les billets tout autour, comme des plumes éparpillées.

J'ai eu l'impression de retrouver des êtres chers. Je me suis agenouillé et suis resté un moment à les feuilleter. Dans l'obscurité, je ne pouvais rien lire, je tournais juste les pages claires, j'étais presque heureux.

Ensuite, j'ai tout récolté et j'ai repris ma route.

Cette fois, je ne ressentais ni douleur ni oppression. Pour la première fois depuis très longtemps, mon corps se mouvait avec facilité, avec joie. Chaque pas avait un goût de délivrance. Il soufflait un vent frais qui me poussait au loin.

Je pensais rejoindre une route de campagne et faire de l'autostop vers la gare la plus proche. Mais la nuit tombait toujours plus dense, et les étoiles étaient les seules lumières que je distinguais.

Je marchais depuis un certain temps quand j'ai aperçu deux phares immobiles au bout du champ. Je me suis approché, une silhouette encapuchonnée virevoltait en maugréant autour d'une vieille voiture au capot ouvert. Il y avait quelque chose en elle de bourru et de bienveillant qui m'a rappelé mon enfance.

– Je… Je peux vous aider ?

L'ombre a tressailli et s'est retournée brusquement dans le halo jaune des phares. C'était une femme, âgée, d'allure robuste. Elle portait une blouse et un gilet, avec un voile blanc qui encadrait sa tête.

Une sœur.

23

J'ai vu tout son être se raidir et ses mains se crisper sur les outils qu'elle tenait serrés contre elle, les bras croisés en posture de défense (ce qui, avec son voile en forme de pyramide, lui donnait l'air d'un pharaon en jupe).

Elle a braqué le faisceau de sa lampe de poche vers mon visage, et j'ai senti sa lumière glisser sur mon œil droit, qui était gonflé, puis descendre le long de mes cheveux, jusqu'à mon tee-shirt sali et déchiré, où je pouvais moi-même, en baissant la tête, distinguer des taches rougeâtres : une de mes cicatrices s'était rouverte.

Je devais faire peur à voir.

— Seigneur, mon garçon, qu'est-ce qui t'est arrivé ?

Puis, sans me laisser répondre, elle s'est avancée un peu pour déchiffrer les titres des livres que je portais.

— *Le Temps retrouvé*. Eh ben. Ça, c'est de la lecture.

Elle a souri — un sourire qui ressemblait à la fonte des glaces sur la banquise, et qui faisait naître des tas de petites rides partout sur son visage sévère. Et elle m'a fait signe de l'accompagner jusqu'à sa voiture.

Elle a ouvert la porte arrière, m'a tendu un plaid écossais (et là, je me suis aperçu que j'avais froid). Pendant que je m'en couvrais, elle a sorti une Thermos d'un panier posé sur le siège avant.

— Je crois que nous méritons une tasse de thé, tous les deux.

On a bu du thé tiède dans deux bols en fer-blanc, au milieu de nulle part, dans le silence de la nuit, avec juste la lumière des phares et le murmure du vent venu de loin.

Ça m'a fait du bien.

Je ne me suis jamais vraiment intéressé à la mécanique mais, petit, j'ai passé des heures à regarder Albert enfoui dans le moteur d'une vieille Peugeot 504. Il l'avait achetée avec son argent de poche, et il la démontait pièce par pièce pour comprendre comment ça marchait. À force, j'ai fini par apprendre quelques notions de base.

— C'est l'allumage, ai-je déclaré après avoir exploré le moteur. Un problème de bougie.

— De bougie ? a grommelé la sœur. C'est quand même un comble pour quelqu'un qui passe sa vie au milieu des cierges…

J'ai réparé comme j'ai pu, puis j'ai refermé le capot, et la vieille dame m'a tendu un mouchoir en tissu pour essuyer mes mains pleines de cambouis.

— Merci, a-t-elle dit. C'est ce qu'on appelle une rencontre providentielle.

J'ai pensé que, si j'avais cru en la Providence, j'aurais pu en dire autant. Mais je n'y croyais pas, la plupart du temps, sauf quand j'étais en colère contre Elle.

— Bon, et maintenant, on va manger. Parce que j'ai vraiment faim, là, et quelque chose me dit que toi aussi.

Nous nous sommes installés dans la voiture, elle au volant et moi à côté. Elle avait mis le panier entre nous, sur la boîte de vitesses (une antiquité, comme tout le reste de la voiture), elle a sorti du pain qu'elle a rompu en deux, et du pâté qu'elle a tranché à l'aide d'un couteau suisse.

Sur le tableau de bord, une grande carte flottait, marquée d'un bout à l'autre par un long trait au feutre rouge.

— Je me suis perdue, a-t-elle dit. D'abord je me suis trompée d'autoroute, et ensuite, quand j'ai vu qu'il était si tard, j'ai voulu trouver une petite ville pour passer la nuit. Et je suis tombée en panne ici.

— Vous… Vous allez vers le nord?

Elle a hoché la tête.

— Je vais au nord du Nord. Je pars en voyage.

Elle a désigné la carte. Quand je l'ai regardée de plus près, j'ai vu qu'il s'agissait d'une carte de l'Europe, et que l'itinéraire tracé au feutre partait du sud-ouest de la France jusqu'à la mer du Nord.

— Vous comptez vraiment faire toute cette route dans cette voiture?

Elle a acquiescé, tout en levant les sourcils; il y avait comme un point d'interrogation dans son oui.

— Moi, j'étais dans un train, ai-je dit. J'ai été agressé par trois types. Ils ont jeté mes livres par la fenêtre. Cinq minutes après, le train s'est arrêté. Alors j'ai sauté dehors et j'ai couru.

Comme je tenais mes livres sur les genoux, elle a conclu:

— C'est ce qui s'appelle aimer lire.

Elle a semblé réfléchir un moment.

— Où allais-tu, si ce n'est pas indiscret?

— Je ne sais pas. Je ne sais pas où je vais. J'essaie de rentrer chez moi.

— C'est le cas de la plupart des êtres humains, a-t-elle dit.

Puis elle a démarré la voiture.

24

Accroché au rétroviseur, un chapelet s'est mis à osciller comme un pendule. De la musique classique résonnait dans l'habitacle. J'étais soulagé d'être là.

— Fiston, s'il te plaît…

— Je m'appelle Max.

— Max comme Maxime ? Ou comme Maxence ?

— Maxime (je détestais qu'on m'appelle comme ça).

— Maxime, mon petit, tu peux regarder dans la pochette à côté de toi ? Il doit y avoir une carte détaillée de la région.

J'ai fouillé à côté du siège et j'ai sorti un sac en plastique. J'ai pris un des plans qu'il contenait. À un croisement, elle a allumé la petite lampe au-dessus du chapelet et j'ai repéré vaguement, après dix bonnes minutes de recherche, l'endroit où nous pouvions être.

— Là, ai-je dit en montrant un point. Il y a

une gare. Vous pouvez m'y déposer ? C'est sur votre chemin.

Elle a de nouveau hoché la tête. On s'est engagé sur une nationale et on a roulé pendant quelque temps sans mot dire, avec juste la musique entre nous.

On a fini par arriver dans une petite ville. Il était près de minuit, les rues étaient désertes, on voyait juste la lumière qui sourdait à travers quelques volets clos. Lorsque nous avons enfin trouvé la gare, elle était fermée. Le prochain train pour Paris partait le lendemain, vers six heures du matin.

J'ai pris mes livres, j'ai remercié et me suis dirigé vers un des bancs sur les quais.

— Tut, tut, tut ! a protesté la sœur. Pas question que je te laisse dormir seul ici. Viens, on va trouver une autre solution.

On a bu encore un peu de thé, puis on a repris la route.

— Au fait, moi c'est sœur Magdala.

La voiture atteignait avec peine les quatre-vingt-dix kilomètres à l'heure. Mais j'aimais presque cette lenteur, parce qu'il était doux d'être ainsi conduit dans la nuit. Je m'étais de nouveau enroulé dans le plaid, et je suivais des yeux la ligne sur la carte de l'Europe.

— Vous allez là-bas pour… pour votre travail ?

— J'ai fait une promesse. Il y a longtemps. Et maintenant je la tiens.

Je l'ai enviée de pouvoir dire cela. Moi, j'étais une promesse non tenue.

Elle a semblé deviner mes pensées, parce qu'elle a ajouté :

— Mais toi c'est pareil, non ? Il y a une promesse dans tes livres, n'est-ce pas ? Car personne ne court dix kilomètres pour retrouver trois romans de poche tombés par terre.

Je me suis entendu dire, de la façon la plus inattendue du monde :

— Ce sont les derniers livres que ma sœur a lus. Les deux, là, elle les a lus une fois, deux fois, peut-être trois fois. Et après elle est morte.

Magdala n'a rien dit, alors j'ai continué. J'ai raconté le matin des oiseaux blancs, le temple que je n'ai pas voulu voir, la vague, la course et plus de Jade. J'ai dit aussi les trous noirs de ma mémoire, comment je ne me rappelais que des bribes : le bébé pleurant sur le chemin ; et Jade sur la plage qui me parle mais je ne distingue plus ni ses mots ni son visage. Et pour finir, j'ai avoué ma journée sur le banc, les cachets, le visage angoissé de ma mère à l'hôpital, ma honte et ma fuite.

25

Tandis que je parlais, la route défilait devant nous et le chapelet se balançait doucement, avec une régularité hypnotique. Je sanglotais en silence. Elle allait me dire quelque chose quand je l'ai coupée en ajoutant :

— C'est pourquoi, vous comprenez, je ne pourrai jamais croire à votre truc. Jamais. Et j'ai du mal à comprendre comment vous y croyez vous-même, sans vouloir vous offenser. En tout cas vous avez de la chance, d'une certaine manière, parce que là où vous êtes, derrière vos murs, vous ne voyez pas le monde tel qu'il est.

Elle a pris du temps avant de répondre.

— Il y a dix ans, je n'étais pas jeune. J'avais cinquante ans, j'avais prononcé mes vœux depuis une vingtaine d'années, j'étais allée là où on m'appelait…

Elle a secoué la tête et elle a dit :

— Non, non, ce n'est pas par ça qu'il faut que je commence… Je fais partie d'un ordre qui a des maisons un peu partout dans le monde. Et dans ce monde, je…

Un nouveau silence. Elle cherchait ses mots. J'ai voulu l'interrompre en m'excusant, mais elle a secoué la tête une fois encore, elle a mis le clignotant, elle s'est garée sur le bas-côté de la route. Puis elle s'est penchée à l'arrière, vers le panier, a sorti la Thermos et un nouveau paquet. Elle m'a resservi du thé avec un bout de brioche.

— Tu as lu Harry Potter ?

— Euh… oui, comme tout le monde…

— Alors peut-être tu vas comprendre. Pour moi, le monde est un peu comme celui d'Harry Potter. Je veux dire par là que, quand on croit, on croit que le monde n'est pas seulement celui qu'on voit, que le réel n'est pas seulement ce qui est visible. On croit que toute vie a un sens et une importance infinie, que chaque individu sur cette terre porte une promesse qui le lie aux autres, une promesse dont il n'a même pas conscience, la plupart du temps. On croit aussi que chaque choix que l'on fait a des conséquences sur le reste du monde, et que, quand c'est un choix d'amour, il porte de beaux fruits, et quand c'est un choix de non-amour, il porte des fruits amers. Et que même ces fruits amers, quand on y croit et quand on aime, peuvent être transformés en quelque chose de meilleur. Bref, on croit que toute vie est une lutte contre le mal et la mort, et que, dans cette lutte, les seules armes que l'on a, ce ne sont pas des pouvoirs magiques, c'est l'amour…

Elle s'est interrompue pour boire une gorgée (peut-être parce qu'elle était émue), et moi, je me sentais de plus en plus embarrassé.

— Vous savez, ai-je fini par dire, je ne voulais pas être impoli. Mais ce n'est peut-être pas la peine d'essayer de me convaincre…

Elle a souri, presque ri.

— Comme dirait sainte Bernadette, je ne suis pas chargée de te le faire croire, je suis juste chargée de te le dire… Ta nuit, tu sais, je la connais. Je l'ai traversée… En tout cas, j'en ai traversé une qui lui ressemble.

Elle s'est mise à trembler.

— Quand je suis partie en mission, j'étais forte. Je me croyais forte. Je ne craignais pas le mal puisque j'avais Dieu avec moi. J'avais la lumière, tu comprends ? Elle ne me quittait pas, même quand je tenais la main de femmes mourant de tuberculose dans un bidonville. Quand je soignais des fillettes exténuées qui travaillaient douze heures par jour, six jours sur sept, pour fabriquer les vêtements que l'on achète ici dans les grands magasins. Quand je donnais de la soupe à des enfants nus qui jouaient dans les égouts d'une ville. Et puis un jour…

Elle frissonnait de plus en plus fort. J'ai ôté le plaid de mes épaules pour lui en donner un bout, mais elle l'a écarté machinalement, comme on chasse une mouche ou une toile d'araignée.

— Un jour j'ai été envoyée dans un camp, dans un pays en guerre. C'était, comme je te l'ai dit, il y a dix ans. J'avais vu dans ma vie beaucoup de choses terribles. Mais une guerre civile, c'est autre chose. C'est le désespoir…

Dans l'autre vie de Magdala, avant le voile, elle était infirmière. Elle savait toujours soigner. Là, dans ce pays en guerre, elle travaillait dans un camp de réfugiés, pas loin de la ligne de front. À quelques kilomètres, deux armées s'affrontaient. Chacune de leurs manœuvres s'accompagnaient de massacres, et les survivants qui parvenaient au camp semblaient avoir vu l'enfer. Et Magdala racontait comment, durant quelques mois, elle et d'autres membres d'organisations humanitaires étaient restés là, impuissants, à la lisière du front, protégés par des Casques bleus, à essayer de panser des douleurs infinies.

— Un jour, un petit garçon est venu me trouver. Je comprenais un peu sa langue, il me demandait de le suivre. Il y avait quelque chose dans ses yeux : je ne pouvais pas dire non. Je suis sortie du camp, on s'est enfoncés dans une forêt profonde, on a grimpé une colline. On a marché longtemps et, à la tombée de la nuit, on est arrivés dans un village occupé par une des deux armées… Le village était dévasté, en cendres, avec des ruines qui fumaient encore. Quand j'ai vu ça, j'ai lâché la main de l'enfant et je lui ai crié de s'en aller. Je pouvais sentir la peur tout autour de moi, comme une odeur…

Elle a pris une grande inspiration, les yeux fixés droit devant elle. Dans la lumière des phares, un renard passa en trottant. Il s'arrêta au milieu du halo de lumière, nous fixa un instant, puis disparut dans la nuit. J'ai eu l'impression qu'elle ne l'avait pas vu ; qu'elle était ailleurs, loin, dans son vieux cauchemar.

— Les soldats m'ont emmenée dans ce qui était sûrement une étable, avant… Sur la paille, il y avait des femmes… Jeunes… L'une d'elles était mourante. Il y avait un homme debout devant elle. Le chef de la troupe des soldats. Il m'a dit : « Elle est cassée. Tu la répares. » Ce sont ses mots. Quand je me suis penchée vers elle, j'ai vu… J'ai vu. Dans ses yeux, ce que j'ai vu… Il n'y a pas de mots, il n'y avait plus de mots. Juste un vide immense, un gouffre, et je tombais… Je l'ai prise dans mes bras, je l'ai bercée, et un instant plus tard, elle est partie. Sur son visage, juste avant, il y avait l'horreur. Juste après, il y avait la paix. Mais moi, je la berçais encore, alors qu'elle était morte, et je sentais le sang de ses plaies. Il coulait sur moi, il était tiède. Alors j'ai regardé l'homme, le chef des soldats. Il avait une drôle d'expression, un air de défi – ou je ne sais quoi. Et là, j'ai… J'ai senti une force en moi, une haine… et cette haine était si puissante qu'elle me soulevait, oui, elle me soulevait ; j'ai pensé alors que c'était comme une vague, je ne pouvais pas lutter. Je me suis mise à vouloir sa mort de toutes mes forces, il avait une arme à son côté, je me voyais… Je me voyais saisir l'arme et lui broyer la tête. Je sais qu'il l'a vu dans mes yeux. Il a regardé la croix qui pendait à mon cou. Et moi, j'ai vu la sienne, tracée avec du sang sur son uniforme. Il a ri. Puis il a tourné le dos et il m'a laissée partir.

26

Elle avait parlé jusque-là sans s'arrêter, sans me regarder, en respirant par saccades, les deux mains crispées sur sa tasse de thé devenu froid.

Puis elle s'est tue longtemps, le corps secoué de frissons, et cette fois elle m'a laissé déposer la moitié du plaid sur ses épaules.

— Et ensuite? ai-je demandé. Que s'est-il passé ensuite?

— J'ai fui. J'ai demandé à quitter le camp, je suis rentrée en France.

Il y a eu un nouveau silence.

— Après, pendant de longs mois, j'ai été entourée de ténèbres. Ces ténèbres avaient une voix, elles riaient de moi, elles disaient: «Tu vois, tout ce que tu crois est un mensonge. La lumière est un mensonge, la foi est un leurre, la vie est une illusion. Après la vie, il n'y a rien. Rien. La seule vérité, c'est l'obscurité.» Je m'endormais dans les ténèbres, je me levais dans les ténèbres. Chaque jour je travaillais, je priais, je chantais avec les autres sœurs. Mais je marchais dans la nuit, et la nuit ne me quittait pas.

— Vous… Vous avez perdu la foi?

Elle a souri.

— Tout ce temps, dans la nuit de mon esprit, j'avais une petite flamme. Elle vacillait mais elle ne m'abandonnait pas; et moi non plus, je ne l'abandonnais pas. Plus je craignais les ténèbres, plus la flamme était petite, plus je regardais la flamme et moins les ténèbres étaient denses… Alors depuis, je regarde la flamme.

Elle a conclu avec cette phrase qui m'était un mystère:

— On trouve Sa force dans la faiblesse.

Je savais qu'elle parlait de la force de Dieu, mais moi j'ai pris dans ces mots ce que je pouvais comprendre, ce qui était bon pour moi: que dans ma faiblesse, je trouverais ma force. Qu'au bout du désespoir, il y avait une lumière.

J'ai repensé à mes rêves, ceux que j'avais faits si souvent après le tsunami: j'étais dans le noir, je marchais avec une bougie, je tentais de préserver la flamme comme si c'était ma vie. Et j'échouais toujours.

Je me suis dit que, la prochaine fois, j'aurais moins peur.

J'avais pourtant besoin d'une autre réponse. Une dernière réponse, pour la route. Alors j'ai demandé :

— Mais qu'est-ce qui vous a fait péter un câble, exactement ? Qu'elle soit morte ? Que ce soit un être humain qui ait tué un autre être humain ? Parce que, tout à coup, vous avez découvert que le mal existait ?

Elle a secoué la tête.

— Alors c'est le fait qu'il se soit moqué de votre religion ? Ou pire, qu'il ait eu l'air d'être comme vous, avec sa croix de sang ? Qu'il fasse genre « je suis le glaive de Dieu » ?

Elle a encore secoué la tête. Puis elle m'a regardé — et, bizarrement, j'ai eu l'impression qu'elle me soupesait.

— Non. Non. C'était… C'était de ressentir cette haine. L'espace d'un instant, j'ai été comme lui. Exactement comme lui… C'est ça qui m'a presque détruite.

J'ai pensé qu'il y avait bien des façons d'être dévasté.

— Et toi ? m'a-t-elle dit. Ta nuit, elle vient d'où ?

J'ai eu envie de pleurer à nouveau. Mais au lieu de ça, j'ai ricané.

— Je ne sais pas ce qu'il vous faut. Si ça vous suffit pas, que ma sœur ait été emportée dans un tsunami… Vous voyez une autre raison ?

— Oui… Croire qu'on en est responsable.

Et elle a ajouté doucement, en détachant chaque syllabe :

— Tu n'en es pas responsable.

On s'est tus pendant un long moment. J'ai pensé que tout était dit. Mais il y avait encore une chose — une chose qui me rongeait, qui me torturait.

— Je ne me souviens plus. J'ai presque tout oublié. Comment j'ai pu oublier ?

Elle n'a rien répondu. Elle a juste déplié un bout de journal. C'était une mauvaise photo en noir et blanc d'un homme âgé, au visage grave. J'ai essayé de lire la légende pour comprendre qui c'était, mais elle était écrite dans une langue étrangère.

— J'ai trouvé ce journal avant-hier à Lourdes. Il vient de loin — beaucoup de gens viennent de loin, à Lourdes. Ça dit qu'un professeur de philosophie très respecté est accusé d'être un ancien criminel de guerre, un commandant qui se faisait appeler le Croisé. On précise qu'il n'y a aucune preuve, que c'est une accusation farfelue.

— Et ce serait… C'est… lui ?

— Oui. Pendant vingt ans, je n'arrivais pas à me rappeler son visage. Tu vois, son visage, juste le visage de cet homme, je n'y arrivais pas ! Et là, soudain je l'ai vu… Le procès s'ouvre dans deux jours à La Haye.

— C'est là que vous allez ? C'était ça, votre promesse ?

— Oui, c'était ça. Témoigner.

27

Le sommeil nous a pris sans qu'on le sache, tout doucement. Quand l'aube est apparue, un brouillard blanchissait les champs. Puis le soleil s'est levé, et le monde m'a semblé tout neuf. Des chevreuils broutaient à la lisière des bois. Des oiseaux parcouraient le ciel. Et, sur le rétroviseur de ma porte, une toile d'araignée capturait la rosée comme un attrape-rêve.

On a pris un petit déjeuner dans un café de village, emmitouflés dans de gros pulls de laine rêche. Puis on a rejoint une autoroute et roulé jusqu'à Nancy. Elle m'a déposé à la gare. Elle m'a tendu des sous pour payer mon billet, mais j'ai sorti des livres les euros volés à Albert.

— Euh… C'était juste un emprunt.

Elle a souri. J'ai commencé à ôter le pull qu'elle m'avait prêté, elle a arrêté mon geste.

— Garde-le. Il est pas de la dernière mode, mais tu seras peut-être content de l'avoir.

Elle voulait rester jusqu'au départ de mon train mais je lui ai dit qu'elle avait une promesse à tenir.

— Toi aussi, a-t-elle dit.

Elle a murmuré des mots bons pour moi. Et elle est partie.

Je suis resté un moment là, sur le quai, avec les livres entre les mains. Puis j'ai embarqué. Au bout de deux minutes, je me suis rendu compte que j'avais pris le mauvais TGV. Celui-là n'allait pas vers Paris, mais vers Strasbourg. J'ai passé mon temps à regarder le paysage, trop sonné pour m'impatienter.

À Strasbourg, il n'y avait pas de train pour Paris avant une heure. Je me suis assis pour attendre devant un des panneaux d'indication. Des noms de villes s'affichaient en lettres lumineuses. Au début, je ne voyais que le halo jaune de leurs contours sur le panneau sombre. Mais peu à peu je les ai lus. Ces noms semblaient tracer une route plus loin, vers l'est. J'ai pensé que, de gare en gare, on pouvait ainsi traverser toute l'Europe, puis l'Asie centrale, la Chine. Tout cela jusqu'au Pacifique.

Le soleil brillait à travers les verrières. Soudain j'ai vu Jade qui marchait sur le sable près de la mer étincelante, les yeux vers le large, la main en visière.

J'ai senti une joie, une sorte d'espoir : c'était un souvenir si précis que je pouvais presque respirer le vent parfumé d'iode et de fleurs. Peut-être que ma promesse à moi, c'était de revenir ? De retourner là-bas ?

Je me suis levé, j'ai changé mon billet, j'ai choisi un train pour Francfort.

QUATRIÈME PARTIE

28

Le train a démarré, et presque aussitôt je me suis endormi. J'étais épuisé.

J'ai sombré dans un drôle de rêve : j'étais avec Jade dans le ventre de ma mère. Nous flottions tous les deux dans des eaux rougeoyantes, nous étions minuscules et presque informes, et moi j'étais heureux. Heureux sans limites et sans mesure. J'avais l'impression que nous baignions dans la joie, que la béatitude coulait en nous comme le sang ou comme la vie.

Et puis... Puis il y a eu un tremblement, un séisme effroyable, suivi d'un autre, et d'un autre encore. Les eaux, brusquement, se sont retirées, nous nous sommes retrouvés tous les deux dans la pénombre, blottis l'un contre l'autre. Je voulais rester là, dans cette étreinte, mais j'ai senti soudain ses petites mains se détacher de moi, ses petits bras me repousser. Oui, elle semblait me guider vers un puits de lumière, elle me poussait de toutes ses forces.

Je me suis trouvé rejeté hors de l'enceinte, coincé dans l'ouverture, pris d'une angoisse affreuse. Tout mon corps était serré dans un étau, et la compression passait lentement de ma tête à mes épaules, à mes côtes, puis à mes jambes. Quelqu'un m'a saisi; j'ai senti l'air entrer dans mes poumons avec douleur, comme si je me noyais; j'ai fini par voir le jour, et ce jour était une lumière implacable. Et tandis que l'on m'arrachait ainsi à ces profondeurs sombres, tandis que j'arrivais au monde nu et sanglant, je comprenais que nous étions séparés à jamais.

Que j'étais vivant. Mais seul.

29

Je suis descendu à Francfort, la tête lourde, encore troublé et triste de mon rêve.

J'ai marché un peu au radar, le corps plein de courbatures et la faim au ventre. Je me suis perdu dans un quartier hérissé de gratte-ciel qui brillaient au soleil. J'étais sale, je ne m'étais pas lavé depuis des jours, je croyais deviner dans les yeux des passants qu'ils le savaient et qu'ils en étaient consternés. Pourtant j'avais un rire un peu fou à l'intérieur de moi, parce que je ne pouvais pas m'empêcher de penser à ce que Jade dirait si elle me voyait.

— Ah ça, sœurette, on peut pas dire que je consomme trop de gel en ce moment.

J'ai marché encore au hasard, en quête de rues plus anciennes et plus sombres. J'ai acheté un sandwich turc dans une petite échoppe derrière la cathédrale, et je l'ai dévoré au milieu de la rue, avec une avidité de bête sauvage. Puis je suis allé manger une glace au bord du fleuve, parmi des bandes de jeunes à demi nus qui bronzaient sur les pelouses.

J'ai essayé de retrouver mes esprits, de chasser les drôles de visions que j'avais eues dans mon sommeil. Elles restaient là, dans un coin de ma tête ; il me semblait qu'elles étaient comme un puzzle avec des pièces manquantes, qu'elles me disaient quelque chose que je ne comprenais pas.

J'ai cherché un café Internet. J'ai écrit un mail à mes parents, et un autre à Albert. Je leur disais de ne pas s'inquiéter, et que je les aimais. Puis je me suis mis en quête d'un endroit où prendre une douche et dormir. J'avais pris un plan de la ville à l'office de tourisme, et j'ai fini par trouver une petite auberge de jeunesse pas très loin de la gare. J'ai réservé un lit, sous l'œil placide d'un jeune réceptionniste occupé à lire un manga, et je suis ressorti faire quelques courses dans un supermarché que j'avais repéré.

J'ai acheté deux tee-shirts de rechange, des slips, des chaussettes, un K-way, une brosse à dents, un rasoir, du gel douche, du pain en sachet, du saucisson. Et un sac à dos.

De retour à l'auberge, j'ai laissé mes affaires sur l'un des lits superposés – il me semblait que toute ma vie se résumait à une histoire de lits jumeaux.

Je suis allé prendre une douche chaude. L'eau coulait sur moi, martelait ma tête, mes épaules, tous les bleus sur mon corps. J'avais des flashes, des visions angoissantes ; l'eau pourtant continuait à couler, chaude au point que tout fumait autour de moi. Et j'en augmentais la température toujours plus, comme si cette brume pouvait dissiper mon malaise.

J'ai mis les vêtements neufs et je suis retourné à ma chambre.

J'ai eu la surprise de voir deux filles occuper les lits voisins du mien. Elles étaient assises en tailleur sur la couchette du bas, l'une tournant le dos à l'autre. Et cette dernière, une petite brune gothique aux yeux ourlés d'un trait vert vif, armée d'une paire de ciseaux, était occupée à lui couper ses dreadlocks.

Elles m'ont regardé, elles ont ri, et une demi-heure après je n'avais plus les cheveux longs.

30

Le lendemain, quand je me suis réveillé, elles étaient parties. Elles avaient laissé sur la petite table de la chambre un sachet de beignets frais et une feuille de papier avec leur adresse mail dessus. Quand j'ai pris la feuille, je me suis aperçu que c'était un prospectus de la ville de Prague — elles en venaient, après avoir visité successivement Paris, Rome, Vienne et Budapest, et avant de finir par Berlin leur tour d'Europe d'étudiantes anglaises.

L'une des photos du prospectus montrait un château dont la silhouette me disait vaguement quelque chose. C'était comme le salut d'un vieil ami — mais à peine distinct, comme s'il me faisait signe d'une autre rive.

J'ai mangé les beignets, j'ai ramassé mes affaires et j'ai laissé la feuille. Puis je suis allé marcher dans la ville, jusqu'à ce que ma lassitude me ramène à la gare. J'ai regardé les destinations, j'ai pris un billet pour Nuremberg.

Le jour suivant, j'étais à Prague.

Il régnait une chaleur écrasante et le soleil frappait les toits de la ville, effaçant leurs couleurs. J'ai roulé le pull de Magdala dans mon sac et j'ai marché un bout de temps dans un flot de touristes serré, jusqu'à la grand-place hérissée de tours. Dans un coin, les automates de l'horloge venaient de s'animer. Je suis resté là, la tête vide. Qu'étais-je donc venu chercher ici ?

Je me suis réfugié dans un nouveau café Internet, pour dire à ma famille que j'étais à Prague. Mais en sortant du café, je me suis senti saisi par le remords. J'avais honte : une fois de plus j'étais en fuite et je ne savais même pas pourquoi. Là, debout au milieu de la place de la vieille ville, avec mon sac à dos lourd de tout ce que j'avais emprunté ou acheté avec un argent qui ne m'appartenait pas, j'ai eu l'impression d'avoir trahi tout le monde. Tous ceux qui m'avaient aimé et aidé.

J'ai été pris de frissons, je me suis attablé à la terrasse d'un salon de thé, j'ai commandé un chocolat chaud malgré la canicule. Puis j'ai entrepris de grimper la côte qui menait au château.

C'est durant l'ascension que je me suis rappelé : le château en question, je l'avais déjà vu. Sur la couverture d'un des trois livres de Jade.

J'ai ouvert mon sac. J'ai pris le petit paquet de livres ficelés et sorti l'un des trois – celui du milieu, le plus petit : *Le Château*. Et là encore, j'ai ri, de ce rire intérieur un peu fou. Le livre m'a échappé des mains.

Je me suis retrouvé sur le côté de la route, plié en deux, traversé par une douleur violente. En contrebas, la ville déployait sa splendeur. Tout ce rouge éclatant à mes pieds. Et moi, soudain, secoué de visions.

Je nous vois, Jade et moi, courant vers le restaurant. Il ne reste que quelques mètres, je peux voir nettement les visages des gens qui se sont déjà réfugiés là-haut, sur les terrasses du bâtiment. Ils crient, ils ont l'air épouvantés, la vague est derrière nous, je serre la main de Jade. Mais elle, elle se retourne. Je crie parce que je ne veux pas qu'elle se retourne ; j'ai peur que, si elle se retourne, la mort nous avale. Et pourtant elle tourne la tête, l'espace d'une seconde, peut-être moins. Et là, elle lâche ma main et me pousse en avant, de toutes ses forces.

C'est comme dans mon rêve : elle me pousse en avant, vers la lumière. Elle me sauve la vie.

31

Peut-être qu'un être humain normal, quand il découvre que sa sœur est morte en lui sauvant la vie, éprouve une immense gratitude. Peut-être que cette pensée est une consolation pour sa perte, peut-être qu'elle adoucit sa solitude. Mais moi, sur le moment, je n'ai pas eu de reconnaissance.

– Pourquoi ? Pourquoi tu m'as fait ça ?

J'étais recroquevillé par terre, sur le bitume. Comment avait-elle pu penser, ne serait-ce qu'une seconde, que je pourrais vivre dans ce monde sans elle ? Elle m'avait déserté, elle m'avait trahi. Elle m'avait laissé à cette existence misérable. Elle m'avait condamné à lui survivre, avec le regret de son absence et le remords de mon propre souffle. Il me semblait qu'en me projetant vers la vie, elle m'avait volé mon destin.

J'avais vaguement conscience que, si quelqu'un avait pu lire mes pensées à ce moment précis, il m'aurait pris pour un monstre. Et je ne l'aurais pas contredit.

J'ai remâché ma furie longtemps, jusqu'à ce que le bitume de la rue devienne un torrent. Quand j'ai relevé la tête, des trombes d'eau s'abattaient sur la ville. L'orage avait envahi l'horizon, zébrant le ciel d'éclairs. Au sommet de la colline, le château que j'avais voulu atteindre semblait perdre de sa consistance, devenir une silhouette sombre dans une brume de pluie, devenir la brume elle-même.

J'ai renoncé à grimper là-haut, il ne pouvait plus rien m'apprendre ; et ma colère a commencé à se dissoudre dans le fracas du tonnerre. Je suis revenu sur mes pas, vers le centre-ville. Des grêlons martelaient le sol, on aurait dit une poêle pleine d'huile trop chaude ou des grains de pop-corn dans un micro-ondes. J'étais pilonné de partout, j'ai fini par enfiler mon K-way sur mes vêtements trempés. Quand je suis arrivé au bord du fleuve, le pont Charles était désert. Je l'avais traversé plus tôt dans la matinée, et j'avais dû jouer des coudes dans la foule de touristes – leurs robes aux couleurs vives et leurs shorts trop courts m'avaient laissé plein d'amertume.

Maintenant, le pont scintillait sous le givre. À la lumière faible des réverbères, les vieilles statues massives semblaient prendre vie. Il y avait dans tout cela une beauté triste qui me mordait le cœur et rongeait ma rage. Je suis resté là un moment. Quand j'ai quitté le pont, j'étais calme.

32

Il pleuvait toujours. Je claquais des dents. Je marchais dans de petites rues tortueuses dont les maisons semblaient être en sucre glace. Je longeais des boutiques, des cafés, des restaurants où j'aurais pu entrer me mettre à l'abri. Mais ils étaient bondés, avec des vitres aveugles à force de buée. Je ne voulais pas être au milieu des gens.

J'ai fini par grimper les marches d'un théâtre pour me réfugier sous le porche. On entendait de la musique – un étonnant mélange de hip-hop et d'oud. Le hall était vide, j'ai poussé l'une des portes qui menaient à la salle de spectacle. Elle était vide aussi, plongée dans la pénombre. Sauf la scène.

Dessus, un homme dansait.

Il avait enroulé une corde autour de sa taille, il se débattait contre elle, il luttait, il tirait, il courait. Chacun de ses efforts l'emprisonnait un peu plus. Au bout d'un moment, il a défait ses liens et il a commencé une nouvelle chorégraphie.

Enfin, non, ce n'était pas juste une danse, c'était autre chose : un cri de souffrance, un combat, un délire.

Il y avait des figures de hip-hop et d'autres mouvements qui ressemblaient plus à du kung-fu ou à du mime : il se prenait la tête dans les mains, il se bâillonnait, il se jetait par terre. Parfois il tenait en équilibre sur ses paumes, parfois il bondissait sur ses pieds. Son corps se cabrait, se tordait, se traînait, et j'avais l'impression d'assister à quelque chose de répétitif et de terrible, comme un rituel de commémoration.

En fait, plus que tout, j'avais l'impression d'assister à mon rituel et à ma commémoration. Je croyais voir, dans ses gestes, les oiseaux blancs, la fuite, la terreur, et la vague qui submergeait tout. Je croyais voir aussi le silence, le manque, le deuil, la douleur, les jours lourds à porter et les questions sans fin.

À la fin, pourtant, il y avait une délivrance. Une joie. C'est peut-être cela qui m'a le plus touché.

J'ai pensé que, pour tout ce qu'il exprimait dans sa danse, il n'y avait pas de mots, ou juste de très pauvres mots. Mais il y avait la danse.

Quand la musique s'est arrêtée, il s'est immobilisé sous la lumière. Son regard était sombre et profond, comme s'il émergeait d'un rêve.

J'ai applaudi. Il a mis sa main en visière pour me repérer dans l'obscurité. Je me suis approché, en essayant de me recomposer un visage (qui sait quelle tête je devais faire ? J'avais l'impression d'avoir rencontré mon propre fantôme).

– C'était... C'était très beau, ai-je dit.

Et comme je ne pensais pas qu'il me comprendrait, j'ai levé le pouce.

Il a souri.

– Tu es français ?

– Oui. Toi aussi ?

Il a secoué la tête.

– Plus au sud, a-t-il dit.

Je lui ai demandé de quoi parlait son spectacle (je ne voyais pas de quoi il pouvait parler, à part de moi). Mais lui m'a répondu :

– Des dictatures... De la résistance, de l'oppression, de la torture... De l'espoir... Des révolutions.

Il souriait en disant ça ; avec une tristesse et une fierté dans les yeux. Et moi, j'ai pensé qu'il y avait décidément, sur cette terre, bien des sortes de vagues.

J'ai fini par quitter le théâtre vers midi. La pluie s'était arrêtée, un rayon perçait les nuages. J'ai inspiré de toutes mes forces l'air encore mouillé, j'ai senti sa fraîcheur se loger entre mes côtes et mon cœur battre plus fort. Alors soudain j'ai pensé qu'elle s'était retournée, qu'elle avait vu la mort en face. Et qu'entre elle-même et moi, elle m'avait choisi, moi.

La gratitude m'est tombée dessus comme un déluge. J'avais été jusqu'ici écrasé par le sentiment d'une terrible dette, que je ne pourrais jamais rendre. Et là, brusquement, je venais de comprendre que c'était un cadeau.

33

Le soir même, j'ai pris un bus pour Paris, après avoir acheté mon billet dans une minuscule agence de voyages derrière la place Venceslas. Je l'avais choisie parce qu'elle était obscure et vide, à l'exception d'une jeune femme derrière un comptoir qui tapait nerveusement des messages sur son téléphone portable. Elle m'a décoché un sourire forcé, a jeté un regard distrait sur mes papiers d'identité, n'a même pas fait de remarques sur le fait que j'étais mineur et m'a tendu d'un air las un bout de papier imprimé et tamponné, avec un plan de la ville sur lequel elle avait noté d'une croix l'emplacement de la gare routière.

Le voyage a commencé à la tombée du jour, et nous avons roulé de nuit, dans un silence fait de sommeil et de chuchotements. J'ai vu qu'on traversait une vaste forêt où des chouettes blanches glissaient entre les arbres comme des fantômes pressés.

À l'aube, nous nous sommes arrêtés une heure sur une aire d'autoroute allemande. J'ai dévoré des petits pains. J'avais hâte de rentrer.

On a continué à rouler jusqu'à la frontière française. Quand j'ai reconnu les vignes d'Alsace, j'ai commencé à sentir une boule d'angoisse au creux de l'estomac. Je pensais à ma famille. J'ai sorti les tickets de caisse de mes dépenses, fait mes additions. J'ai calculé qu'il me faudrait travailler deux mois pour rembourser Albert. Et pendant ce temps, les panneaux d'autoroute défilaient tandis que diminuaient les kilomètres qui me séparaient de ma maison.

À la sortie du métro, le premier visage connu que j'ai croisé, ç'a été celui de Mickaël. Il n'était pas, comme à son habitude, assis sur son duvet sous le porche, mais attablé à la terrasse du fast-food du coin de la rue, devant un gobelet de café vide. Il m'a fait signe. J'aurais voulu d'abord retrouver mes parents mais j'ai pensé au petit papier griffonné dans mon sac, où son nom était inscrit. Alors j'ai grimacé un sourire et je me suis assis à sa table.

— Je t'attendais, m'a-t-il dit.

J'ai demandé s'il avait des nouvelles du jeune Afghan. Il a hoché la tête.

— Parti. En Angleterre. M'a dit de te dire bonjour — enfin, je ne sais pas si c'est vraiment ça qu'il a dit, parce que je n'ai rien compris, mais ça doit être quelque chose dans le genre. Un chic type.

J'ai fait oui de la tête et en même temps j'ai senti un regret : encore quelqu'un à qui je n'avais pas pu dire merci.

— Je t'attendais, a repris Mickaël, parce que j'ai une grande nouvelle. Une grande nouvelle… Je voulais te le dire à toi parce que tu es comme qui dirait… concerné.

Il faisait tourner entre ses doigts son gobelet vide.

— Je vais sortir de la rue. Quand je t'ai vu là, sur le banc, avec les boîtes de médicaments tout autour, et ce pauvre chic type qui te donnait des claques pour te réveiller, ça m'a… ça m'a fait un choc. Je me suis dit : « C'est pas une vie. » Il y a ces boulets que je traîne, tu vois, depuis longtemps. Ils ont fini par me détraquer la tête. À cause d'eux, j'ai peur des murs et de tout ce qui attache. Mais quand je t'ai porté jusqu'à l'hôpital (c'que t'étais lourd, bon sang, heureusement qu'il y avait le jeune qui m'aidait)… Quand je t'ai porté, j'ai eu l'impression que ça m'allégeait. Ça m'allégeait le boulet. Alors voilà, je vais sortir de la rue. J'ai trouvé des gens qui vont m'aider.

J'aurais dû lui dire que j'étais là s'il avait besoin, mais au lieu de ça j'ai plaisanté :

— Je suis content de voir que mon coma a servi à quelque chose.

Mais lui m'a regardé, grave, en me serrant l'épaule :

— Non, s'il te plaît... Pas de blague... On ne badine pas avec la mort...

Je le savais trop bien. Il a grimacé, comme s'il avait dit une énormité. Puis il a eu un sourire hésitant.

— Quand j'aurai une adresse, tu m'écriras ? Pas grand-chose, hein, deux, trois mots... Pour me dire que tu vas bien.

J'ai promis que oui.

34

J'ai sonné à la porte de l'appartement. J'ai attendu. J'ai fini par entendre des pas un peu traînants le long du couloir, le bruit du verrou, le léger grincement des gonds. Et puis un cri.

Je me suis retrouvé dans les bras de ma mère. Elle sanglotait, et moi aussi. Mais tandis que je pleurais sur nous et sur moi, je me suis juré que c'était la dernière fois. Que désormais je serais un appui, et pas un manque. Un réconfort, et pas une douleur. Une flamme, et pas la nuit.

Je ne voulais plus être une demi-portion, un être inachevé. Je ne voulais plus fuir. Je voulais être enfin moi. Et tenir mes promesses.

35

Une heure après, ce même jour, Albert est rentré. Je lui ai rendu ses billets d'avion pour Toronto. Il en a pris un et m'a tendu l'autre. Mon nom était écrit dessus.

– J'avais pensé, a-t-il dit, qu'un voyage te ferait du bien. Apparemment tu t'es dit la même chose.

Alors, deux mois plus tard, on a pris l'avion tous les deux. On a traversé l'Atlantique et on a atterri dans ce qui m'a paru un autre monde : dans le taxi, tandis qu'on traversait Toronto, la ville m'a semblé haute, triste et grise. Mais le soir même, après une douche à l'hôtel, on a retrouvé Amber dans un bar du centre. Elle nous attendait dans la salle sombre et animée, qui sentait la bière et le vieux bois. Elle portait un jean et un pull bleu, elle avait noué ses cheveux blonds en une queue-de-cheval serrée. On ne voyait que son visage, très clair, dans la pénombre.

– Venez, on va aller dehors.

Elle parlait avec un léger accent québécois (qu'elle avait pris en étudiant le français à Montréal). Elle nous a conduits le long du bar, jusqu'à une petite porte au fond de la salle qui ouvrait sur une cour. Mieux qu'une cour : un petit jardin au milieu des immeubles, avec une terrasse en bois et des guirlandes lumineuses le long de la rotonde. On aurait dit qu'elle l'avait fait apparaître d'un coup de baguette magique. Dès cet instant, je lui ai prêté d'étranges pouvoirs.

Je la regardais.

Je ne me disais pas qu'elle était jolie, ni que j'étais en train de tomber amoureux – ni toutes ces sortes de choses stupides que je m'étais toujours dites jusqu'ici. Je restais juste là, plongé dans ce moment, submergé par une joie presque douloureuse. Il me semblait que les contours de mon corps se dilataient, je ne sentais presque plus rien. Je n'étais plus qu'un cœur battant dans des ondes de lumière bleue.

Je venais de faire l'expérience d'une nouvelle sorte de vague.

On est restés deux semaines. On est allés à Montréal, on a traversé des forêts que l'été indien embrasait, on s'est baignés dans des lacs. Mais le plus clair du temps, Albert ne pensait qu'à l'association. Il posait des questions sans arrêt, auxquelles Amber répondait avec une patience pleine d'allégresse. J'étais jaloux.

— Essaie de ne pas trop baver quand tu la regardes, commentait Albert.

J'ai fini par m'intéresser à leur travail, ne serait-ce que pour justifier d'être là.

La deuxième semaine, Amber semblait très occupée, moins disponible. Sans elle comme guide, tout m'a paru terne.

À trois jours du départ, Albert a loué une voiture et on a roulé tous les deux.

— On va où ? ai-je demandé.

Pour toute réponse, Albert a suivi soigneusement les panneaux indiquant les chutes du Niagara. On est arrivés en plein après-midi, au soleil déclinant.

C'était grandiose. Mais insupportable.

En contrebas des rambardes de sécurité, on voyait les eaux se précipiter en cataractes avec un bourdonnement furieux. D'immenses nuages d'écume roulaient au pied des chutes en formant des figures monstrueuses. J'en tremblais.

Quand il a vu dans quel état j'étais, Albert a pâli.

– Je suis désolé… Je n'ai pas pensé…

Il m'a ramené à la voiture et on a attendu.

– C'est un jour spécial pour Amber. C'est pour ça qu'on est là. Un de ses amis, un type incroyable, va tenter un nouvel exploit. S'il y parvient, son sponsor s'engage à…

Je l'écoutais à peine, j'avais l'esprit égaré, je n'entendais qu'un bourdonnement.

On a vu arriver de nouveaux groupes de gens, des équipes de télévision, des bénévoles de l'association d'Amber. Et Amber elle-même, en compagnie d'un jeune homme baraqué, vêtu d'une sorte de combinaison de surf moulante. Sur le moment, je l'ai détesté, parce qu'il avait l'air de sortir d'une pub pour cosmétiques (en fait, il avait exactement l'air du type que j'étais avant – avant tout).

Il s'est avancé vers un filin tendu dans le vide. Il a enclenché son harnais de sécurité. Il a empoigné une longue perche. Il a posé son pied sur le fil. Puis un autre.

L'instant d'après, il marchait au-dessus de l'abîme, avec sa longue perche oscillant doucement au bout de ses bras.

J'avais l'impression d'halluciner : c'était la vision de mes cauchemars. Pas après pas, il avançait au-dessus du gouffre. Sous ses pieds, dans l'ombre, à quelques dizaines de mètres, les tourbillons mugissaient. On voyait leurs lueurs fauves sous les projecteurs. Il ne les défiait pas, il n'y avait pas d'arrogance en lui ; juste cette acceptation du vide. Et l'espoir du fil sous ses pieds. Et ce tremblement maîtrisé. Et son regard droit devant, vers l'autre rive où brillait une lumière.

Il a mis un certain temps à traverser les chutes. Peut-être une heure.

Les minutes semblaient couler sur lui, comme si elles n'avaient pas de prise, comme si elles n'avaient pas de poids. Ces minutes torturantes, il les transformait en victoire.

Et à la fin, il a touché terre.

Et moi aussi, j'ai cru que j'avais touché terre.

Épilogue

Cela m'a pris dix ans avant de retourner sur la plage. Entre-temps, j'ai eu mon bac, j'ai passé mes étés au Canada, je suis même allé étudier un an à l'université de Montréal. J'ai aussi choisi un métier : biologiste spécialiste des écosystèmes forestiers.

Et je me suis fiancé.

Pour écrire ma thèse sur les arbres, j'ai voyagé dans de nombreux pays. Mais je me suis toujours arrangé pour éviter la mer. Toutes les mers du globe, et une en particulier.

Pourtant, un jour, quand je me suis senti prêt, j'ai pris un avion pour revenir là-bas. Amber a proposé de m'accompagner si je voulais ; j'ai préféré y aller sans elle.

C'était une période difficile pour nous deux : je me sentais rattrapé par les ombres. Amber me reprochait d'être ailleurs la plupart du temps. Et c'était vrai. Même quand j'étais avec elle, je n'étais pas là. Il y avait en moi, toujours, un manque, un vide, un trou

– une absence. Je ne pouvais pas être présent parce que je n'avais pas de présent. Je tournais en ellipse autour du passé. J'y revenais périodiquement, et je me demandais si nous avions un avenir ; si je parviendrais un jour à construire une famille, moi qui portais encore le deuil de la mienne.

J'ai donc pris l'avion seul.

Et m'y voilà.

Comme chaque matin depuis sept jours, depuis que j'ai atterri dans ce pays verdoyant où l'air a un parfum de fleurs, je me lève à l'aube et je vais sur la plage. Je ne reconnais plus rien. L'hôtel aux bungalows n'existe plus, et le petit village de pêcheurs a été reconstruit plus loin, sur une colline qui surplombe la baie. Entre le village et la mer, on a planté des palétuviers.

Le paysage est beau, paisible. Rien ne témoigne de ce qui s'est passé. Rien, sauf un petit mausolée de bois ouvragé et peint en blanc, au milieu des rochers que la mer, de temps en temps, éclabousse d'étincelles. Il ressemble à un temple en miniature, avec un dôme surmonté d'une flèche, où parfois un grand oiseau blanc vient se percher. À l'intérieur, par les fenêtres vitrées, on distingue des photos, des objets – des souvenirs. Parmi eux, il y a le portrait de Jade qui sourit, avec au coin sa médaille de baptême que papa et maman ont attachée là lors du premier retour.

Tous les matins, quand j'arrive, des gens ont déjà déposé des fleurs ou des fruits en offrande et les bâtons d'encens brûlent en répandant une fumée douce. J'en allume cinq, un pour chaque membre de ma famille. Plus un, parce que je l'ai promis à Amber. Puis je vais m'asseoir sur le sable de la plage et j'attends.

Je ne sais pas ce que j'attends, en vérité. Je griffonne une carte postale pour Mickaël (je lui en ai envoyé une lors de chacun de mes voyages, mais celle-ci est spéciale et j'ai du mal à trouver mes mots). Je regarde les petits enfants du village qui jouent sur le sable près de l'eau. Ils ont cinq ou six ans, ils sont nés bien après le tsunami. Ils sautent dans les vagues avec de grands éclats de rire, mais de temps en temps une femme apparaît et leur dit de sortir de l'eau.

Le premier jour, je n'arrivais pas à regarder la mer. C'était une souffrance, une angoisse aiguë, comme si j'avais devant moi quelque chose de monstrueux et d'aveuglant. Je me tenais couché sur le sable, les yeux fermés, pris de vertige. J'avais froid malgré le soleil, et j'ai passé deux longues heures à grelotter dans le pull un peu rêche de Magdala, que j'emmène partout avec moi.

Peu à peu, je me suis habitué. À présent, je pose mes yeux sur l'horizon bleu-vert, je bois sa beauté, et cette beauté ne me tue pas.

Le temps coule. Je vois les pêcheurs qui voguent au large sur leurs barques à moteur. Je sais que certaines d'entre elles ont pu être achetées grâce à l'association, et je souris en pensant à Albert.

Les oiseaux blancs crient au-dessus des palétuviers où ils ont fait leurs nids. Près de moi, la petite bande d'enfants fouille le sable à la recherche de trésors. De temps en temps, ils extirpent des capsules de cannettes, des chaînes de pacotille, des élastiques à cheveux. Les plus hardis viennent me les montrer, et je pousse des cris d'admiration. L'un d'eux finit par déposer près de ma main une sorte de caillou vert incrusté de sable. Je le prends, je l'époussette et je m'aperçois qu'il s'agit en fait d'une de ces petites tortues de pierre gravées que l'on trouve comme porte-bonheur sur les marchés d'ici. J'ai le cœur qui se serre, parce que je me rends compte que la pierre en question, c'est du...

– Jade.

Je murmure le nom, je regarde la mer. Je

me lève et je marche vers les vagues. J'entre dans l'eau tiède, presque chaude.

Et soudain je nous revois tous les deux.

Elle est assise sur le sable, son gros livre sur les genoux – avec le titre que je déchiffre, bien qu'il soit à l'envers : *Le Temps retrouvé*. Elle me regarde, l'éclat confiant de ses yeux m'enveloppe. Elle dit :

– Mais je suis heureuse.

J'entends cette phrase plusieurs fois, comme si un écho la répétait.

– Je suis heureuse.

Ce sont les derniers mots qu'elle m'ait dits avant la vague.

Je me laisse tomber dans l'eau. Mes vêtements collent à ma peau, le sel coule sur mes joues. Au-dessus de moi, les oiseaux blancs dessinent un cercle dans le ciel, leur vol me berce. Il me semble que mon chagrin reflue. Ce chagrin qui est pour moi comme un vêtement mouillé se détache et flotte à la dérive. Car j'ai en moi ce souvenir éclatant, ce regard posé sur moi comme une flamme, ces mots qui me sont comme un baume. Tout ce qui m'entoure se teinte d'une lumière neuve, je sens sa présence partout, je perçois enfin la perfection de ce jour.

Je respire le parfum des fleurs et de l'encens mêlés, j'écoute les rires des enfants tout proches, je savoure le sel sur mes lèvres ; et tout autour de moi, la mer, les arbres verts, les enfants, les barques des pêcheurs, les oiseaux blancs sur le ciel bleu, tout cela semble me dire :

— Vis !

Alors je surgis de l'eau et je promets. Je promets de faire tout mon possible. De vivre. D'aimer. Et de puiser ma force dans ce qui reste en moi d'inconsolé.

Je comprends, à l'instant même, que c'est le seul merci qu'elle attendait.

ORIANNE CHARPENTIER est née en 1974 à Saigon, pendant la guerre du Vietnam. Elle passe son enfance au Maroc, puis dans un petit village de Normandie. Après des études de lettres, elle intègre une école de journalisme, puis collabore à des magazines culturels et destinés à la jeunesse. Elle a gardé des lectures de ses douze ans (Verne, Kessel, Dumas...) le goût des voyages — ce qui l'a menée aux quatre coins du monde, du Québec à Djibouti, en passant par la Mongolie ou le Kirghizistan.

Orianne Charpentier
Après la vague
La vie au bout des doigts
Rage

Émilie Chazerand
La fourmi rouge

Sarah Cohen-Scali
Max

Eoin Colfer
W.A.R.P.
- 1. L'assassin malgré lui
- 2. Le complot du colonel Box
- 3. L'homme éternel

Élisabeth Combres
La mémoire trouée

Ally Condie
Atlantia
Promise
- Promise
- Insoumise
- Conquise

Matthew Crow
Sans prévenir

Christelle Dabos
La Passe-miroir
- 1. Les Fiancés de l'hiver
- 2. Les Disparus du Clairdelune
- 3. La Mémoire de Babel

Stéphane Daniel
Gaspard in love

Claudine Desmarteau
Un mois à l'ouest

Victor Dixen
Le Cas Jack Spark
- Saison 1. Été mutant
- Saison 2. Automne traqué
- Saison 3. Hiver nucléaire
Animale
- 1. La Malédiction de Boucle d'or
- 2. La Prophétie de la Reine des neiges

Berlie Doherty
Cher inconnu

Tom Ellen et Lucy Ivison
Mon homard
French ski

Mary E. Pearson
Jenna Fox, pour toujours
- Jenna Fox, pour toujours
- L'héritage Jenna Fox

Lucie Pierrat-Pajot
Les Mystères de Larispem
- 1. Le sang jamais n'oublie
- 2. Les jeux du siècle
- 3. L'élixir ultime

François Place
La douane volante

Louise Rennison
Le journal intime de Georgia Nicolson
- 1. Mon nez, mon chat, l'amour et moi
- 2. Le bonheur est au bout de l'élastique
- 3. Entre mes nungas-nungas mon cœur balance
- 4. À plus, Choupi-Trognon…
- 5. Syndrome allumage taille cosmos
- 6. Escale au Pays-du-Nougat-en-Folie
- 7. Retour à la case égouttoir de l'amour
- 8. Un gus vaut mieux que deux tu l'auras
- 9. Le coup passa si près que le félidé fit un écart
- 10. Bouquet final en forme d'hilaritude

Nastasia Rugani
Milly Vodović

Ruta Sepetys
Big Easy
Ce qu'ils n'ont pas pu nous prendre
Le sel de nos larmes

Stéphane Servant
Guadalquivir

Dodie Smith
Le château de Cassandra

Laini Taylor
Le Faiseur de rêves

Thibault Vermot
Colorado Train

Vincent Villeminot
La Brigade de l'ombre
- 1. La prochaine fois ce sera toi
- 2. Ne te fie à personne
- 3. Ne compte que sur les tiens

Danielle Younge-Ullman
Toute la beauté du monde n'a pas disparu

ON LIT
PLUS
FORT.
COM

**L'ACTUALITÉ DES ROMANS
GALLIMARD JEUNESSE**

Maquette : Françoise Pham
Photo de l'auteur : D. R.

ISBN : 978-2-07-508265-5
Loi n° 49-956 du 16 juillet 1949
sur les publications destinées à la jeunesse
Premier dépôt légal : mars 2017
Dépôt légal : février 2023
N° d'édition : 596882 – N° d'impression : 268409
Imprimé en France par Maury Imprimeur – 45330 Malesherbes